아주 어른스러운 산책

한수희 에세이

아주 어른스러운 산책

교토라서 특별한
바람 같은 이야기들

마루비

프롤로그

　　20대의 나는 내 몸만큼이나 큰 배낭을 메고
물가가 싼 나라에 도착해 지저분한 숙소를 전전하면서 싸구
려 밥으로 끼니를 때우고 밤기차나 밤버스를 하염없이 기다
리는, 그런 여행을 주로 했다. 물론 그런 여행도 좋았다. 하
지만 나도 이제 나이가 들었다. 거창한 심적, 물리적 준비가
필요한 여행은 그만 하고 싶다. 어느 날 문득 '아아 떠나고
싶어졌어' 라는 마음이 들면 그대로 공항으로 나가 비행기를
잡아타고 싶은 것이다.

30대가 된 이후로 나는 해마다 교토라는 도시에 간다. 교토에 갈 때 실제로는 입지도 않을 옷들을 여행가방 속에 잔뜩 쑤셔 넣지만, 마음만은 주머니 속에 여권과 신용카드 한장, 지폐 몇 장만 넣어도 좋을 것처럼 가볍다. 2시간이 채 못 되는 비행시간도 좋다. 비행기 타는 것이 무섭기 때문이다. 하지만 1시간은 아깝다. 기껏 이륙의 공포를 이겨냈는데 너무 빨리 착륙하는 것도 억울하다. 2시간이면 아주 적당하다. 중간에 난기류에 휘말릴 위험도 적을 것이다.

공항에서 내릴 때의 마음도 편하다. 그냥 밖으로 나가서 전철을 타고 도심으로 들어가면 된다. 길을 잃어도 어떻게든 집까지는 돌아갈 수 있을 것이라는 확신이 든다. 숙소는 대개 깨끗하고, 혼자서 밥 먹기에 좋은 식당들은 널려 있다. 어느 식당에 가도 실망할 일이 드물다. 어딜 가든 바가지요금을 걱정하거나 사기꾼을 만날까 두려움에 떨 필요도 없다. 거리를 걷는 동안 누구도 내게 말을 걸지 않고 누구도 내게 관심이 없다. 한없이 가벼워지는 기분. 어떤 불안감도, 책임감도 느껴지지 않는 그런 기분.

사람들이 묻는다. 교토에 가면 뭘 해? 거기 뭐가 있어?

교토에서 나는 특별한 일은 하지 않는다. 특별한 장소에도 가지 않는다. 나는 그저 이 도시를 산책하는데, 그럴 때는 나 자신과, 또는 함께 있는 사람과 좋은 시간을 보내고 있다는 마음으로 걷는다. 좋은 시간. 그것이다. 교토에서 우리는 좋은 시간을 보낸다.

교토는 좋은 시간을 보내기에 적당한 곳이다. 거리는 감탄이 나올 정도로 깨끗하다. 굳이 명소에 가지 않아도 괜찮다. 볼 것들은 거리에도 널려 있으니까. 골목마다 아름다운 사찰들과 지어진 지 50년은 족히 넘은 건물들이 잘 관리된 채로 남아 있고, 70여 년 전에 문을 연 커피하우스에서 자부심 같은 커피를 마실 수 있다.

쉬고 싶으면 가모 강으로 내려가 강둑에 앉아도 좋다. 어디를 산책해도 즐겁다. 익숙한 것들에서 낯선 것들이 겹쳐 보이고, 반대로 낯선 것들에서 익숙한 것들이 겹쳐 보이기도 한다. 무엇보다 교토에서는 오래된 것들이 낡고 시대에 뒤처진 것이 아니라 시간의 힘을 증명한다는 점이 인상적이다.

인생은 매일 경이로움을 느끼기에는 너무 빨리 흘러간다.

이 오래된 도시는 나에게 신호를 보낸다. 거기 잠깐 멈춰. 그리고 조금 쉬도록 해. 커피라도 한 잔 마시면서. 세상이 어떻게 굴러 여기까지 왔는지, 어떻게 굴러가고 있는지, 그리고 또 어디로 굴러갈지 한 번 보라고.

나는 시간의 힘을 한 번 더 믿어보기 위해 그곳으로 떠난다. 그 일들을 하러 나는 비행기를 타고 그곳까지 간다. 단지 그 일들을 하러. 시간을 허비하기 위해서. 시간과 같은 속도로 움직이기 위해서.

예전의 나는 혼자 여행하는 것을 좋아했다. 하지만 지금은 아니다. 나는 매년 교토라는 도시에 가고 그럴 때는 누군가와 함께이다. 친구, 엄마, 남편. 나는 전과는 다른 사람이 되어버렸다.

거의 매일 나는 나 자신과 싸운다. 놀고 싶은 나와 싸운다. 앞날이 캄캄한 나와 싸운다. 멍청한 나와 싸우고, 거짓말을 하려는 나와 싸우고, 모르는 체하려는 나와 싸우고, 근사한 체하려는 나와 싸운다. 내가 지긋지긋해지는 것도 당연하다. 그래서 나는 일을 하지 않는 시간에는 세상에서 가장 단순

하고 또 세상에서 가장 즐거운 사람이 되고 싶다. 일을 하지 않는 시간에도 인상을 쓰고 싶지 않다. 외로움에 몸부림치고 싶지도 않다. 진지한 이야기도 지겹다.

마음이 잘 맞는 친구와, 굳이 괜찮은 인간처럼 보이지 않아도 좋을 친구와 함께 걸으면서 수다나 떨고 싶다. 수다 떨기도 지겨워지면 각자의 시간을 좀 보내도 좋겠다. 책을 읽거나 음악을 듣거나 그냥 멍청하게 공상에 빠져 있거나. 그래도 좋을 정도로, 그래도 서로를 불안해지게 하지 않을 정도로 가까운 친구와 함께 여행을 하고 싶다. 그런 친구와 함께 타국에서 서로를 의지하고 즐거운 일을 함께 겪고 기분 나쁜 일도 함께 겪고 말할 수 없이 사치스러운 시간을 함께 보내고 싶다. 이런 여행에서 종종 나타나곤 하는 완벽한 순간에 고개를 돌려 "정말 좋다, 그렇지?"라고 말할 수 있는 상대가 옆에 있으면 좋겠다.

그리고 교토는 바로 그런 순간에 적당한 도시인 것 같다.

교토에서 홀로 있을 때 나는 대개 걸으면서 생각을 한다. 바람 같은 생각을. 바람은 목적지 없이 그저 불어왔다가 불어갈 뿐인데, 걸으면서 하는 생각도 같다. 누군가와 함께 있을 때는 대화를 한다. 바람 같은 대화를. 대개 우리는 교토에 3일에서 5일 정도를 보내니 별의별 이야기를 다 하게 된다. 평소에는 생각지도 않았던 이야기를. 여기가 아니었다면, 교토가 아니었다면, 우리가 그런 이야기를 나눌 수 있었을까.

이 책에는 바로 그 바람 같은 생각과 이야기들을 담았다. 교토의 명소에 관한 소개는 대체로 찾을 수가 없을지도 모른다. 그 점에 대해서는 나도 안타깝게 생각한다. 실은 교토와는 별 관계가 없는 이야기인지도 모르겠다. 하지만 교토가 아니었다면 할 수 없는 생각과 이야기들이었다.

교토는 멀지 않다. 다녀오기 힘든 곳도 아니다. 대단한 곳도, 진기한 곳도 아니다. 그저 남들이 다 가는, 이웃나라 일본의 관광명소일 뿐이다. 그런 교토를 나는 나의 도시로 만들었다. 아마 교토는 나 말고도 수십만, 또는 수백만의 자신의 도시일 것이다. 서울이, 파리가, 리스본이, 뉴욕이, 델리가 그런 것처럼.

생각해보면 이 세상의 어느 한구석에 내가 살지는 않지만 나의 도시가 있다는 것은, 그 자체만으로도 꽤 든든한 일이 아닌가 싶다.

빗속에서
자전거 타기

11월 초에 교토에 다녀왔다. 3박 4일의 일정. 전 해에 친구와 함께 교토와 오사카와 나라를 여행했는데 너무 즐거웠다. 그때 우리는 다짐했다. 1년에 한 번쯤은 교토에 와서 바람을 쐴 수 있는, 그런 인생을 살자고. 그런 인생은 쉬워 보이기도 하고 또 어려워 보이기도 했지만 어찌 됐든 우리는 해냈다. 1년 만에 다시 교토에 오게 되었으니 말이다. 내년엔 가능할까? 잘 모르겠다. 나이가 들수록 점점 할 수 있는 것보다 할 수 없는 것들의 목록이 늘어난다.

여름에 저렴하게 나온 오사카 행 비행기표를 사두었다. 우리가 좋아하는 교토의 숙소, 피스 호스텔의 방도 예약해 두었다. 그러고 나니 여행 준비가 끝난 것만 같았다. 그래서 우리는 넋을 놓고, 아니, 너무 바빠서 그 여행을 잊어버렸다. 하지만 실은 기억하고 있었다. 여름과 가을까지 머리털이 곤두서도록 바빴지만 11월의 첫 번째 주말이면 교토의 그 단정한 골목에 서 있을 수 있다는 희망만으로 버텼다. 그때의 내게는 교토 이전과 교토 이후가 있을 뿐이었다.

떠나기 전날 밤까지 밀린 일들을 처리하고 새벽녘 공항으로 나가 오사카 행 비행기를 탔다. 들뜨기보다는 비몽사몽이었다. 그리고, 우리가 교토에 도착한 날부터 내내 비가 왔다. 부슬비가 아니라 작정하고 내리는 비였다. 아침부터 비 내리는 길로 나갈 생각을 하니 기운이 빠졌다. 그렇다고 여기까지 와서 방 안에 틀어박혀 있을 수도 없는 노릇이었다.

우산을 들고 여행을 한다는 건 쉬운 일이 아니다. 우산을 펴고, 접고, 젖은 우산을 잃어버리지 않게 몸에 꼭 붙이고, 다시 펴고 빗길로 나선다. 하도 팔을 들고 다녔더니 팔뚝이 쑤셨다. 어딜 가든 그놈의 우산 때문에 벌을 서는 기분이다.

물웅덩이를 피해 조심조심 걸었고, 걷다가 지쳐도 벤치나 강둑에 앉을 수조차 없었다.

여행지에서의 불운으로 나쁜 날씨만 한 것이 또 있을까. 아무런 계획도 없이 왔기에 즉흥적으로 꾸린 일정은 바보 같았고, 길을 잃어 하게 되는 우연한 산책도 날씨가 좋았더라면 충분히 즐길 만했지만, 애초에 길을 잃은 사람(=나)을 원망하게 되는 고행길이었다. 우중산책이라는 것도 잠깐일 때 아름다운 법이었다. 저녁 무렵 숙소에 돌아올 쯤에는 신발은 흠뻑 젖어 있었고 몸도 마음도 말할 수 없이 지친 채였다. 우리는 상심했다. 대체 여길 왜 온 거지?

차마 입 밖으로 내지 못했지만 우리는 내내 그 생각에 빠져 있었을 것이다. 여름부터 가을까지 우리의 마음속 깊은 곳에는 오로지 교토밖에 없었다. 그 교토와 실제의 교토가 같을 리가 없다. 우리는 우리의 모든 기대를 교토에 걸었고, 일상적인 실망과 짜증과 분노와 괴로움과 피로를 교토가 해결해주리라 믿었을 것이다. 그 교토는 영화 속의 아름다운 배경 같았을 것이다. 좋은 기억만으로 덧칠된 장소. 하긴, 교토에서 우리는 늘 한정된 시간 동안 돈만 쓰고 가면 되는 관광객에 불과했으니까. 아름다운 것들만 보고 추한 것들과 불편한 것들은 피해 다녀도 좋았으니까. 현실에서 그런 태도는 무책임하지만 여행에서는 한없이 무책임해져도 좋았고, 그게 사람들이 여행을 좋아하는 진짜 이유일 것이다.

비로 얼룩진 그해의 교토를 떠올릴 때마다 우리는 고개를 절레절레 흔든다. 아아, 정말 최악이었어. 그건 그랬다. 다시는 그런 일이 있어서는 안 될 것이다.

우리는 이미 30대 후반의 나이였다. 나는 결혼을 해서 아이가 둘이었고, 친구는 아직 미혼. 먹고 살기 위해서 해야 할 일이 너무 많았다. 그때 나는 카페를 꾸리고 있었고 글도 쓰고 종종 수업도 했다. 그 와중에 집안일도 하고 아이들도 돌봐야 했다. 시간, 언제나 시간이 부족했다. 한가하게 지낸 적이 언제인지 기억조차 나지 않았다.

언젠가 소설가 앨리스 먼로의 인터뷰를 읽고 그녀가 한때 나와 비슷한 삶을 살았다는 걸 알게 되었는데, 먼로는 남편과 함께 서점을 경영하고 글을 쓰고 아이들을 돌보느라 정신이 없던 삼십대 후반의 어느 날에 '이러다 심장마비에 걸려 죽을 것 같다'는 생각이 들었다고 한다. 그 글을 읽고 나는 힘이 났다. 다들 그렇게 사는구나. 이런 과정을 누구나 거치는 거구나.

사람들은 글을 쓸 때 좋은 것에 대해서, 아름다운 일들에 대해서, 자랑할 만한 경험들에 대해서만 쓰려는 경향이 있는 것 같다. 하지만 우리를 위로하는 것은 사실 인생의 여기저기에 널린 돌부리에 걸려 넘어지거나 때로는 웅덩이에 몸이 흠뻑 젖도록 빠진 일들에 관한 이야기인지도 모른다. 우리가 우주의 유일한 실수투성이 피조물이 아니라는 사실을 깨닫게 해주는 이야기들. 그런 이야기들이 우리를 힘내어 살아가게 한다.

비 오는 교토에서 나는 종종 비옷을 입고서, 또는 점퍼의 모자를 푹 눌러쓴 채로 자전거나 모터사이클을 타고 빗속을 달리는 여자들과 마주쳤다. 빗속에서 자전거나 모터사이클을 탄 여자들은 '이깟 비 따위야'의 분위기를 풍기며 씩씩하게 달려간다. 근사하고 멋지다. 내 나라에서는 자주 보기 힘든 모습이다. 이전까지 내게는 일본 여자들이 한국 여자들보

다 좀 더 여성적이고 보호받는 데 익숙한 존재라는 편견이 있었는데 꼭 그런 것은 아니었다.

엄마들은 아이들을 자전거 뒤에 태우고 다닌다. 쇼핑봉투가 든 바구니를 앞에 매단 낮은 자전거 위의 아주머니들은 귀엽고, 스커트 차림으로도 자전거를 타는 여자들은 섹시하다. 빗속에서도 눈 속에서도 아랑곳하지 않고 달리는 여자들. 씩씩하게 달리는 여자들. 아, 그렇지. 우산을 쓴 채로 자전거나 모터사이클을 탈 수는 없는 거지.

그 여자들 덕분에 나는 내가 너무 겁쟁이가 된 건 아닌지 생각해봤다. 비 오는 날에는 우산 없이 나가서는 안 되고, 그 정도의 거리는 차를 타지 않으면 안 되고, 이런 자리에서는 이런 옷을 입지 않으면 안 되고, 아이를 키울 때는 이런 건 꼭 있어야 하고, 이 나이에는 이런 행동을 하지 않으면 안 되고, 이 시기에는 이 정도를 이루지 않으면 안 되고, 뭐 그런 것들. 한 번쯤 생각해볼 만한 문제들.

결혼 전 내게는 혼자 하는 모든 일이 익숙했다. 나는 혼자 못도 탕탕 잘 박았다. 마트에서 장본 무거운 쇼핑백을 손가

락이 끊어지도록 양 손에 들고 집까지 오는 것도 혼자 했다. 형광등도 혼자 갈았고 벌레도 혼자 죽였고 밤새 혼자 컴퓨터도 조립했다. 집 앞에 나타난 추행범에게 혼자 소리도 질렀고 집에 물이 들어차도 혼자 퍼냈다. 도둑이 들면 경찰서에 신고했고 야박한 집주인과 싸우기도 했고 가슴에 생긴 작은 혹도 혼자 떼러 갔다.

결혼한 지 11년이 되었다. 이제 나는 혼자 하는 그 모든 일에 무능해져 버렸다. 못 박을 일이 있으면 남편을 부른다. 무거운 짐은 남편이 들어준다. 집주인과의 싸움도 남편에게 맡긴다. 병원에 갈 때도 남편이 데려다준다. 비가 오면 남편이 우산을 들고 나올 것이다. 언젠가 차를 몰고 가다가 접촉사고를 낸 적이 있는데 내가 가장 먼저 한 일이 무엇이었는지 아는가. 남편에게 전화를 건 것이었다. 결국 남편과 보험회사 직원이 통화를 한 후에야 사태는 마무리되었다. 그러고 나서 한동안 어찌나 울적했던지. 이렇게 나는 무능력한 인간이 되어가고 있는 것이다.

선생님은 본인의 병명을 아셨고 그 병에 흡연이 얼마나 해롭

다는 걸 아시면서도 너무나 태연하게 담배를 태우셨죠. 아마 돌아가시기 전 의식을 잃는 날까지 즐기셨을 겁니다. 수술도 치료도 거부하고 태연히 피우셨지요. 매사에 쪼잔하고 아등바등하는 걸 싫어하신 그분의 대범한 태도가 죽음 앞에서도 조금도 달라지지 않으셨어요. 참 대단한 분이 아니었나 싶습니다.

수필집 《세상에 예쁜 것》에서 소설가 박완서가 박경리를 추억하며 쓴 글이다. 나는 응석받이가 되어가는 것 같을 때마다, 누군가의 등 뒤에 숨거나 기대고 싶을 때마다, 징징대고 싶을 때마다, 책임을 회피하고 싶을 때마다 이런 할머니들의 이야기들을 떠올린다. 사실 응석받이가 되는 것은 무척 쉬운 일이라서, 언제나 정신을 똑바로 차려야 한다.

어릴 때는 비 때문에 상심하는 일이 없었다. 비 오는 날에는 비 오는 날의 놀이가 있었으니까. 비가 오면 여자아이들은 우산을 들고 공터에 모였다. 우산을 둥글게 겹쳐 쌓아서 지붕 같은, 이글루 같은 집을 만들고 그 안에 서로 몸을 꼭 붙이고 앉았다. 우산집 안은 어둡고 축축하고 아늑했다. 우산 위를 때리는 빗소리는 바깥의 문제였지 우리에게는 아무런 영향도 끼치지 못했다. 우리는 그 좁고 안전한 공간에서 키득거리며 이야기를 나누거나 공기놀이를 하거나 했다. 우리는 비가 와도 굴하지 않고 집을 지을 줄 아는 여자아이들이었다.

교토 시내를 관통해 흐르는 긴 강의 이름은 가모라고 한다. 가모 강. 가모가와. 교토가 아름다울 수 있는 이유에는 이 강도 포함이 될 것이다. 빽빽한 건물들과 차들과 사람들로 혼잡한 거리를 지나면 어느 순간 쉼표라도 찍듯 강이 나타난다. 강 덕에 빈 공간이 생기고 모든 것들이 한숨을 돌리게 된다. 강은 도시에 여유를 만들어준다. 그렇다고 해도 이 강은 한강처럼 크고 넓지는 않다. 한강에 비하면 개천 정도의 강이다. 그 소박한 규모에 마음이 더 설렌다.

강변을 따라 늘어선 오래된 목조건물들은 강 쪽으로 큰 창을 뚫어 강의 풍경을 즐길 수 있게 했다. 강둑으로 내려갈 수도 있는데, 날씨가 좋으면 강변은 여유를 즐기려는 사람들로 가득하다. 가끔 달리는 사람들도 볼 수 있다. 러닝화를 신은 채 진지하게 달리는 사람들. 러너들은 언제나 진지하다.

내 여행의 로망에는 낯선 도시에서 아침 조깅을 하는 것도 포함되어 있는데, 실은 단 한 번도 그래본 적이 없다. 여행을 갈 때마다 러닝이 따로 필요 없을 정도로 너무 많이 걸어서 좀처럼 달리러 나갈 의욕이 나질 않았기 때문이다.

하지만 다음에 여유가 있는 일정으로 교토에 다시 오게 된다면, 다시 올 수 있다면, 비가 내리지 않는다면, 사실 부슬비 정도야 상관없지만, 꼭 가모 강변을 달려 보리라. 그때는 여행가방 속에 러닝화와 운동복도 꼭 챙겨야겠다.

이노다의
진지한 커피

        교토에서는 꼭 이노다 커피 본점에 간다. 바둑판 모양의 산조 거리 한 골목에 이 고풍스러운 커피 하우스가 있다. 카페나 커피숍보다는 커피 하우스라는 말이 더 잘 어울리는 이노다 커피의 내부는 오래된 경양식 레스토랑처럼 보이기도 한다. 입구의 포렴을 걷고 들어가면 반질반질한 로비에 시대착오적인 유니폼을 차려입은(마치 비서나 은행원 같다) 젊은 웨이트리스들이 서있다. 그들은 조용히 다가와서 인원이 몇 명인지, 금연석인지 흡연석인지를 묻는다. 이

젊은 여자아이들은 이런 유니폼을 입고 일하는 기분이 어떨지 문득 궁금해진다.

안으로 들어가면 유럽의 어둑어둑한 살롱 같은 광경이 펼쳐진다. 천장이 높은 너른 홀에 새하얀 테이블보가 깔린 둥근 테이블들이 적당한 간격으로 놓여 있다. 홀은 흡연석이고 손님의 대부분은 노년층이다. 홀의 왼쪽은 옆 건물과 이어져있는데, 그쪽은 금연석이다. 홀 너머 통유리창 바깥으로는 담으로 둘러싸인 작은 정원이 보인다. 돌로 만들어진 분수에서 사시사철 물이 졸졸졸 흐른다. 정원 쪽 테이블도 흡연석이지만 나는 담배를 피우지 않아도 여기에 앉는 것을 좋아한다. 정원에 앉아 있으면 여기가 정신없는 교토의 중심가라는 사실이 믿기지 않는다. 흐르는 물소리는 사람의 마음을 고요하게 만든다.

자리에 앉으면 웨이트리스가 작고 귀여운 컵에 얼음물을 따라준다. 제대로 된 커피숍에 가면 나는 늘 하우스 블렌드 커피를 주문한다. 하우스 블렌드 커피는 원두를 직접 볶는 커피숍에서 다양한 품종의 원두를 각기 자신만의 비율로 배합한 커피다. 당연히 가게마다 그 맛이 다르고, 그런 이유로

하우스 블렌드 커피는 그 가게의 수준을 보여준다고 할 수 있다. 이노다에도 하우스 블렌드 커피가 있다. '아라비아의 진주'라는 커피다. 나는 아라비아의 진주를 주문한다. 가게의 문양이 새겨진 커피잔은 작고 도톰하다. 커피는 지옥처럼 새까맣고 쓰다. 하지만 맛이 좋다. 좋은 커피는 여러 가지 복합적인 맛을 내면서 끝맛이 깔끔하게 떨어지는데, 이곳의 커피도 그렇다.

일본의 오래된 커피 하우스들이 대개 그러듯 이노다에서도 간단한 식사류를 판다. 나는 샌드위치와 케이크, 애플파이, 아침 정식을 먹어봤는데 모두 맛있었다. 아침 정식을 주문하면 가늘게 채 썬 양배추와 생햄, 스크램블드 에그, 빵, 과일이 수북이 쌓인 접시를 내온다. '서양요리의 기본' 같은 제목의 책에 '아침 정식'이라는 이름으로 등장할 것 같은 구식 요리다. 접시를 들고 온 웨이터는 흰 조리사복을 입고 있다. 역시 구식이다.

이 카페에는 음악도 흐르지 않는다. 음악이 전혀 없으니 누구라도 떠들면 목소리가 지나치게 크게 들린다. 모두 무서운 침묵 속에서 묵묵하게, 경건히 먹고 마신다. 종종 같이 온

이에게 "맛있다, 맛있어" 하고 속삭인다. 다들 죄라도 지은 사람들 같다. 나도 마찬가지다.

그러다 어떤 여자가 들어오면서 늦게 도착한 친구들에게 "여기야! 이쪽!" 하고 소리치자 모두 깜짝 놀라버렸다. 여자는 자리에 앉자마자 쾌활하고 시끄럽게 떠든다. 진지함과 경건함 따위는 개의치 않는 사람이다. 더 무서운 것은 그녀가 떠들기 시작하자 지금껏 모기 같은 소리로 이야기를 나누던 사람들이 일제히 목소리를 높이기 시작한 것이다. 금세 홀 안이 시끌벅적해진다. 무서운 일본 사람들. 나도 질 새라 떠들었다.

이노다 커피의 모든 것은 진지하다. 웨이터와 웨이트리스의 복장에서도, 고풍스러운 인테리어에서도, 하얀 테이블보에서도, 물컵에 담긴 차가운 물에서도, 도톰한 커피잔에서도, 요리에서도 유머감각이라고는 조금도 느껴지지 않는다. 그래서 구식이다. 모두가 진지하게 진지한 것을 추구하고 있는 구식의 느낌은 그 자체로도 신기하고 재미있어서, 가끔 고요한 홀에서 큰 소리로 웃음을 터뜨리고 싶은 기분이 든다. 그 용감한 여자처럼.

이노다의 아침 정식을 맛보려면 서둘러야 한다. 아침 정식은 오전 7시경부터 시작한다. 그보다 늦게 가면 자리가 없을 수도 있다. 사람이 많아서라기보다는 혼자 온 노인들이 테이블을 하나씩 차지한 채로 홀짝홀짝 커피를 마시고 있기 때문이다.

교토에는 소위 '곱게 나이든 노인'들이 많이 보인다. 매일 이노다 커피에 와서 커피 한 잔을 마시는 노인들은 그럴 수 있을 정도의 경제적 여유가 있는 노인들일 것이다. 이상한 트레이닝복 같은 것을 입고 천천히 신문을 뒤적거리면서 커피를 홀짝이고 담배를 태우는 노인들을 훔쳐보는 것이 즐겁다. 벽에 붙은 자리에 홀로 앉아 멍하니 앞만 바라보고 있는 노인들도 있다. 이른 아침부터 제대로 된 커피 한 잔을 마시러 길을 나섰을 그들의 고집과 고독이 낯설고도 매력적으로 보인다.

나는 어릴 때부터 나이 드는 법에 관심이 많았다. 왜 그랬는지는 모르겠지만 언제나 빨리 나이가 들기를, 일단 마흔이 되기만을 바랐다. 그래서 지금껏 나이 드는 법에 관한 책을 꽤 많이 읽었다. 지구 종말을 대비하며 방공호를 만드는 사

람처럼 성실히, 진지하게, 경건한 마음으로 읽었다. 길을 가다가 마주치는 할머니와 할아버지들도 유심히 살폈다. 내 하나 남은 노년의 혈육인 외할머니의 말년을 이렇게도 바라보고 저렇게도 바라봤다.

그런 내가 이제 마흔이 되어버렸다. 누가 "저는 40이 가까운 나이에……"라는 식으로 말할 때마다 '아아, 저 사람 나이 들었구나'라고 생각하다가 내가 마흔이라는 사실을 깨닫고는 깜짝 놀라는 일의 연속이다. 아이들은 종종 나를 놀린다. "엄만 늙었어!" 그게 놀릴 거리가 된다고 생각하는 것이 이상한데 아마 나도 어릴 적엔 그랬겠지. 직접 당해보니 나이 먹는 건 해가 바뀌는 것처럼 자연스러운 일이다. 감정과는 무관하다. 그러다 나는 문득 내가 어린 시절의 마음을 그대로 간직한 채 나이가 들어버렸다는 사실을 깨닫는다.

얼마 전 인천의 지하철역 플랫폼에서 한 할머니가 바지의 지퍼를 내린 후 속에 입은 바지를 태연히 추켜올리는 모습을 봤다. 할머니는 뒤늦게 자신의 행동을 깨달은 듯 "아이고, 나도 할머니가 다 됐나봐!" 하고 소리쳤다. "우리 시어머니가 옛날에 '마음은 열여섯 살 때하고 꼭 같은데 어쩌다보

니 칠십이 넘어버렸구나' 라고 하셨거든요. 이제는 그 마음
이 이해가 된다니까." 생전 처음 보는 내게 그 이야기를 하며
멋쩍게 웃던 그 할머니의 마음이 나야말로 이해가 된다.

나이가 든다는 건 그런 일인가 보다. 내 안에는 여섯 살의
나도, 열세 살의 나도, 열여덟 살의 나도, 스무 살, 스물여섯
살, 서른 살, 서른일곱 살의 나도 있다. 그 모든 시절의 나를
품은 채로 마흔이 된 것이다. 그래서 나이 드는 일은 결승점
을 향해 달리는 일보다는 작은 돌로 탑을 쌓는 일에 가깝다.

이렇게 넋 놓고 살다 보면 나도 어느 순간 노인이 되어 있
을 것이다. 나는 어떤 할머니가 될까? 나도 며느리 욕이나
하는 할머니가 될까? 나도 옥장판을 사러 다니게 될까? 나
도 "요즘 젊은것들은!"이라며 삿대질을 하게 될까? 나도 이
른 아침의 커피숍에 홀로 앉아 허공을 노려보며 커피를 홀
짝일까? 나도 어쩔 수 없이 나의 외할머니처럼 쓸쓸하고 또
쓸쓸한 노년을 맞게 될까? 그러다 죽음을 두려워하며 죽게
될까?

하지만 사실은 노인이 되지 못한 채로 죽을 수도 있다.

이스라엘 작가 아모스 오즈는 《광신자 치유》라는 책에서 광신주의를 치료하는 해법으로 유머감각을 들었다. 이 책은 이스라엘과 팔레스타인 문제의 해법에서 시작해 궁극적으로 전 세계의 모든 문화권에 만연한 광신주의, 즉 '나는 옳고 너는 틀렸다. 그러니 내가 너를 구(원)해야 한다는' 사고방식과 행위를 꼬집는다. 구원을 개도, 계몽, 도움, 발전, 성장, 변화 등 어떤 말로 바꿔도 상관없다.

아모스 오즈의 진단대로 이런 사고방식의 근원은 단순히 유머감각의 부재 때문인지도 모른다. 진정한 유머감각은 타인을 조롱하고 웃음거리로 만드는 능력이 아니라, 자기 자신을 비웃을 수 있는 힘이다. 자신을 별 대단치 않은 존재로 볼 수 있는 힘, 그리고 자신을 안이 아니라 바깥에서 바라볼 수 있는 힘. 그것은 또한 이 인생이 한낱 웃음거리에 지나지 않을 거라는, 삶 전체를 꿰뚫어 보는 깊은 통찰력에서 오기도 한다. 그런 면에서 우리가 미워하고 두려워하는 노화는 유머감각 없는 노화인지도 모르겠다.

언젠가 봄에 아이들과 동네 산책을 하다가 비닐봉투 하나씩을 들고 나란히 서서 길가의 생나무 울타리 새순을 뜯고 있는 세 명의 할아버지들을 봤다. 할아버지들은 무척 진지해 보였고 아이들은 그 모습이 신기했는지 멈춰 섰다. 나는 할아버지들에게 물었다.

"뭐 하시는 거예요?"

그러자 한 할아버지가 싱긋 웃으며 말했다.

"이거? 이거 끓여서 먹고 빨리 죽으려고."

아이들이 놀란 표정을 짓자 옆에 있던 다른 할아버지가 진지한 표정으로 손사래를 쳤다.

"봄에 난 새순은 어떤 걸 먹어도 독이 없고 맛이 좋아요. 데쳐서 반찬 해 먹으려고 하는 거야."

그러자 아까의 할아버지가 다시 끼어들었다.

"아니라니까. 죽으려고 먹는 거라니까."

할아버지의 눈에는 장난기가 가득했고, 그 순간 나는 단 한 번도 본 적 없는, 할아버지가 소년이던 시절의 얼굴을 기억할 수 있을 것만 같았다.

이노다 커피의 구식 유니폼을 입은 어린 웨이트리스들은 새침하다. 무슨 일이 생기건 '그러거나 말거나 내 알 바 아니거든!' 하고 쏘아붙여줄 준비를 하고 있는 것 같다. 내 안의 스물두 살은 그 말을 내게 이렇게 해석해준다. '이건 내가 만든 세상이 아니니까 나랑은 관계없는 일이야!' 나는 이제 그렇게 새침할 수가 없다. 세상이 이렇게 된 데는 내게도 일말의 책임이 있을 것이기 때문이다.

다만 나는 궁금하다. 저 유니폼은 집에 갈 때도 입고 가는 걸까? 아니면 퇴근하기 전에 다른 옷으로 갈아입을까? 어쩌면 집으로 돌아가 옷을 갈아입으면서 엄마나 형제자매나 방을 함께 쓰는 친구에게 짜증 섞인 험담을 늘어놓을지도 모른다.

"아아, 노인네들 정말 질색이야."

그런 풍경을 떠올리면 귀엽다는 생각이 드는 걸 보니 나도 정말 늙었나 보다.

여행자의
집

내가 세상에서 가장 좋아하는 숙소는 교토의 피스 호스텔이다. 내 말만 믿고 직접 가보면 실망할지도 모른다. 그러니 신중하게 결정하시라.

방은 좁다. 숨이 막힐 정도로 좁다. 가구라고는 침대 하나(때로는 이층침대)와 세면대 하나, 벽에 붙은 TV와 선반이 전부. 낯선 나라의 숙박업소에 기대할 법한, 과할 정도의 안락함은 여기에 없다. 잠을 자고, 씻고, 나가면 되는, 그런 방이다.

하지만 이곳은 깨끗하다. 깨끗하다는 데는 누구도 이견이 없을 만큼 깨끗하다. 복도의 선반 위에 깨끗하고 하얀 베개가 종류별로 잔뜩 쌓여 있고(누구나 필요하면 더 가져갈 수 있다), 역시 새하얀 이불에는 얼룩 하나 없다. 흰 칠을 한 벽도 깨끗하다. 공동욕실도, 공동화장실도 깨끗하다. 공동욕실이라니. 나는 공동욕실을 좋아한다. 몸을 씻기 위해 줄을 서는 일이 이상하게 즐겁다(수용소 체질일까). 머리에 수건을 두른 채로 돌아다니는 것도 좋아한다. 공동화장실은 늘 텅 비어 있어서 아무 데서나 볼일을 보지 못하는 나 같은 사람이 쓰기도 좋다.

방마다 카펫이 깔려 있다는 점도 마음에 든다. 나는 바닥에 깔린 카펫을 광적으로 좋아한다. 카펫 위는 신발을 신고 다녀도 맨발로 다녀도 괜찮을 것 같다. 그대로 바닥에 철퍼덕 주저앉아도 괜찮다. 카펫은 관대하니까.

로비의 주방에서 먹는 공짜 아침도 신난다. 저렴한 여행에 이골이 난 여행자가 아니라면 보잘것없는 아침일지도 모른다. 하지만 공짜니까 황송하다. 여러 종류의 빵과 마가린과 마멀레이드와 감자 샐러드를 접시에 담는다. 뜨거운 물에 타서 먹는 인스턴트 된장국과 흰 쌀밥, 밥에 뿌려먹는 양념도 있다. 빵을 토스터에 데워 마가린을 바른다. 몇 가지 티백 중 하나를 골라 뜨거운 물을 부어 홀짝홀짝 마신다. 다 먹고 난 후에는 사용한 그릇을 깨끗이 닦아 제자리에 놓아둔다.

디자이너와 건축가의 모임이 지은 이 호스텔은 외관부터 구석구석 공을 들인 모던한 인테리어임에도 이상하게 으스대는 느낌이 전혀 없다. 여기 있으면 편안한 기분이 드는 것도 그것 때문이다. 미적 감각을 드러내면서도 어떻게 으스대지 않을 수 있을까.

멋있고 근사하고 세련되면서 으스대는 장소에 가면 내가 날파리나 얼룩처럼 느껴진다. 그런 곳에서는 편안한 시간을 보낼 수가 없다. 힙하다는 카페나 바에서 겉으로는 아무렇지 않은 얼굴을 하고 있지만 속으로는 돌아버릴 것 같다. 관절이 다 뻣뻣해질 정도다. 두리번거리지 않아야 하는데도 자꾸 두리번거리게 된다. 그렇게 내내 불편한 마음으로 허둥지둥하다가 나오기 일쑤, 지하철과 마을버스를 갈아타고 '힙'이라는 단어는 평생 들어본 일도 없을 사람들이 살고 있는 우리 동네로 돌아오면 그제야 안도한다.

피스 호스텔에서는 슬리퍼를 질질 끌고 다녀도, 머리에 수건을 터번처럼 두르고 다녀도 아무렇지 않다. 마치 우리 동네처럼. 푸른 셔츠를 입은 젊은 스태프들도 투숙객들에게는 신경 쓰지 않는다. 눈이 마주치면 웃어 보이거나 무언가를 요청하면 잘 들어주지만, 우리가 뭘 하건 쳐다보지도 않는다. 그들도 바쁘기 때문이다. 그럼에도 그들은 친절하고 쾌활하다. 하지만 나도 이제는 스태프의 친절함과 쾌활함을 믿지 않는 나이가 되었다. 친절함과 쾌활함을 일로 하며 살기가 얼마나 힘든지 알기 때문이다.

식당이나 바 같은 분위기의 너른 주방은 언제나 열려 있다. 저녁이면 백화점의 식품 매장이나 슈퍼마켓, 편의점에서 사온 간단한 안주거리와 맥주를 들고 와서 먹고 마실 수도 있다. 물론 방에서도 할 수 있는 일이지만 방은 너무 좁다. 주방에 앉아 다른 테이블에서 들려오는 여러 나라 사람들의 알아들을 수 없는 언어 속에 파묻히는 쪽이 훨씬 즐겁다.

중국인인 듯 보이는 말끔한 중년 남자는 매일 밤 홀로 앉아 TV를 보며 커다란 병에 든 사케를 와인잔에 따라 천천히 마셨다. 히잡을 쓴 여자들은 아이들을 위해 인스턴트 라

면을 끓이고 남편들은 긴 소파 위에 누워 있다. 하지만 그들은 술을 마시지 않는 사람들이니 일찍 자러 들어갈 것이다. 젊은 남자 스태프가 지나가면서 내게 가벼운 이야기를 건넨다. "저는 류이치 사카모토를 좋아해요. 그를 아세요?" 한 미국 남자가 큰 목소리로 자기 자신에 대해서 시끄럽게 떠들고 있는데, 친절하고 상냥한 스태프들은 그의 이야기를 말없이 들어준다. 하지만 이런 일은 드물다. 여기에 묵는 사람들은 대개 홀로 있고 싶어 하지도 않지만 함께 있는 것도 크게 반기지 않는 사람들이니까. 그런 사람들과 한 공간에 있다는 사실에 마음이 더 편해진다. 나도 그런 사람이기 때문이다. 우리는 모두 자신의, 그리고 타인의 개인적인 공간을 존중하는 조용하고 내향적인 사람들인 것이다.

이 숙소에 묵을 때는 기숙사의 말 잘 듣는 학생이 된 기분이다. 적어도 이 안에서만큼은 우리는 보호받고 있으며 그만큼 수동적이다. 정해진 시간에 아침을 먹고 샤워할 때는 줄을 선다. 큰 소리로 떠들거나 소란을 피우지 않는다. 깨끗하게 관리되는 시설들을 더럽히지 않기 위해 스스로 노력한다. 그리고 여기에 온 것은 순전히 내 선택이다. 나는 피스 호스텔에 가기 위해 교토에 간다.

이렇게 극찬하면 가뜩이나 예약하기도 어려운 이 숙소가 더 예약하기 어려워질까 두렵다. 다시 단점을 이야기하자면 좁다. 한 번 하는 해외여행, 왕처럼 보내다 오고 싶다는 사람들에게는 절대로 추천하고 싶지 않다. 하지만 나처럼 돈을 많이 쓰면 우울해지기 십상인 사람들에게는 괜찮다. 아니, 안 돼. 또 칭찬을 하고 있잖아!

반대로 최악의 숙소를 꼽는다면, 아마도 스물여섯 살의 연말에 도쿄에서 묵은 민박집일 것이다. 올빼미 여행이라는 패키지에 비행기 티켓과 함께 묶인 숙소였다. 친구와 나는 한밤중에 한국을 떠나 새벽녘에 하네다 공항에 도착, 숙소에 들어갈 수 있는 오후까지는 한참 시간이 남아 전철을 타고 요코하마로 갔다. 전철 안에서 미친 듯이 졸다가 벌벌 떨며 바람 부는 요코하마를 돌아다녔다. 다시 전철을 타고 미친듯이 졸며 신주쿠 근처에 있는 민박집에 도착했다.

방문을 열었더니 네 명이 누우면 꽉 찰 방을 이미 두 명이 차지하고 있었다. 그러니까 방 한 칸을 네 명이서 나눠 써야 하는 시스템이었다. 모르는 이들과 함께 방을 쓰는 것도 힘든데 방은 지독하게 추워서 아침에 일어나면 온몸이 뻣뻣했다. 창문으로는 햇살 한 줄기 들지 않았고 그나마 방을 같이 쓰는 여자애들이 늦잠을 자겠다며 두툼한 커튼을 하루 종일 내리고 있어 아무것도 보이지 않을 정도로 어두웠다. 욕실을 쓰는 것도 음식을 먹는 것도 불편해서 우리는 말 그대로 잠만 자고 벌떡 일어나 방을 빠져나왔고, 모자란 잠은 전철 순환선을 타고 몇 바퀴를 도는 것으로 보충했다. 방보다 전철 안이 더 따뜻할 정도였다.

다음 날 밤, 같은 방을 쓰는 여자아이들은(남대문의 액세서리 시장에서 일한다고 했다) 이것도 인연이니 함께 신주쿠로 술을 마시러 나가는 건 어떻겠느냐고 제안했다. 우리는 후줄근한 점퍼에 운동화 차림이었는데 그 애들은 커다란 슈트케이스에 예쁜 옷과 긴 부츠, 고데기까지 챙겨 왔다. 우리는 그 애들의 준비성에 감탄했다. 이렇게 삶의 의욕이 저하되는 방에 묵으면서 저렇게 멋을 부릴 수 있다니. 여행할 때 대개 내 정신 및 신체 상태는 내가 묵는 방과 비슷해지는 경향이 있다. 더러운 방에 묵으면 인생을 포기해 버리고, 그럴 듯한 방에 묵으면 그래도 나름대로 신경을 쓴다.

　어울리지 않는 우리 넷은 밤의 신주쿠로 나가 문을 연 술집을 찾았다. 연말이라 대부분의 술집들이 문을 닫았으나 지하에 있는 한 술집이 열려 있었다. 우리는 어색하게 함께 술을 마셨다. 안타깝게도 우리의 세계에는 아무런 접점이 없었고, 대화는 이어지다 끊어지기를 반복했다. 그러다 옆 테이블에 앉은 일본인 커플이 우리에게 말을 걸어 결국 합석을 하는 사태가 일어났는데, 한량 분위기를 물씬 풍기는 일본 남자는 자기 여자친구를 앞에 두고 우리 모두에게 "그런데 남자친구는 있느냐?"를 계속해서 물어 우리를 당황하게 만들었다. 더 당황스러운 것은 그 남자가 그런 질문을 던질 때마다 부츠를 신은 여자애가 우리에게 "언니, 저 남자가 언니한테 관심 있나 봐요"라고 속삭이는 것이었다. 그 남자는 그저 술에 취했을 뿐인데. 결국 나와 내 친구는 먼저 일어나 우리 몫의 술값을 지불하고 그 술집을 나왔다.

　다음날에는 아침 일찍 일어나 온천이 있고 숲이 아름답다는 도쿄 근처의 닛코라는 동네에 갈 계획이었다. 하지만 늦잠을 자버려 그러지 못했다. 방이 너무 어두웠기 때문이다.

대신 우리는 졸음, 추위와 싸우며 눈 덮인 도쿄를 돌아다녔다. 아무튼 그 방만 생각하면 지금도 진저리가 난다.

그 이후로 나는 여행할 때 숙소의 쾌적함을 최고로 꼽게 되었다. 실은 나는 4천 원짜리 게스트하우스에서도, 30만 원이 넘는 호텔에서도 비슷하게 잘 지내는 사람이다. 관건은 깨끗한가, 그렇지 않은가일 뿐이다. 내가 방콕에 갈 때마다 묵던 4천 원짜리 게스트하우스는 문을 열면 침대(같지도 않은 침대) 두 개와 실링 팬 하나만 달랑 매달려 있는, 그야말로 수용소 같은 방이었다. 하지만 나는 그 숙소를 좋아했다. 깨끗했기 때문이다. 복도건 공동욕실이건 화장실이건 청소하는 아가씨들이 쉴 새 없이 걸레를 들고 드나들며 닦아댔기 때문에 맨발로 다녀도 좋을 만큼 깨끗했다. 시설은 말할 것도 없이 낡았지만 나는 낡아도 깨끗이 관리된 장소를 좋아한다. 그럴 듯해 보이지만 자세히 들여다보면 어수선하고 어설픈 것보다는 낫다.

깨끗한 숙소는 성공적인 여행을 위한 첫 번째 열쇠다.

아이들은 좁은 장소, 둥지처럼 좁고 어둑어둑하고 아늑한 방을 좋아한다는 이야기를 들은 적이 있다. 나도 어릴 때는 할 일이 없어 종종 방 모서리에 끼어 앉아 있고는 했다. 거기 있으면 기분이 좋아졌다. 아마도 심리학자들이 말하는, 엄마의 자궁에 있던 기억을 떠올린 것인지도 모른다. 내가 사랑하는 피스 호스텔의, 침대 하나가 겨우 들어갈 만한 좁은 방도 비슷한 느낌을 준다.

얼마 전에 우리는 이사를 했다. 새 집의 가장 작은 방, 그야말로 침대 하나 들어가면 꽉 차는 방이 나와 남편의 침실이다. 침대는 없지만 두툼하고 푹신한 매트를 하나 깔고 작은 서랍장 하나와 옷걸이 하나를 놓았다. 불필요한 물건은 조금도 두지 않았다. 벽은 흰색으로 칠했고 창문은 크다. 창을 열면 빛이 환하다. 밤에는 형광등 대신 작은 테이블 스탠드만 켜둔다.

나는 이 방이 무척 마음에 든다. 하루를 마무리하고 또 하루를 시작하기에 적당한 방이다. 이보다 더 클 필요도, 이보다 더 근사할 필요도 없다. 이 방은 마치 피스 호스텔의 비좁은 방 같다. 그러고 보면 여행지에서 우리가 좋아하는 숙소는 집에 대한 우리의 이상을 반영하는지도 모르겠다.

여행을 할 때마다, 새로운 숙소에 묵을 때마다, 나는 살아가는 데는 그렇게 많은 것이 필요하지 않다는 사실을 새삼스럽게 깨닫게 된다. 그러나 또 가족이라는 타인과 함께 살면서 매일 매일의 잡다하고 성가신 일들을 처리하는 데는 적당한 공간이 필요하기도 하다. 행복한 가정생활의 열쇠는 아무래도 문을 열 때와 닫을 때를 아는 것이기 때문이다.

제비의 기운과
기세

        이치조지라는 동네에 있는 이 작은 카페에 나는 꼭 가보고 싶었다.

츠바메 카페. 한국말로는 제비 카페다. 예전에는 서점 케이분샤의 뒷골목에 있었다. 케이분샤에 대해서는 내가 세상에서 가장 좋아하는 서점으로 여러 번 소개한 적이 있다. 실은 나 말고도 이 서점을 좋아하는 사람들이 많고 많으니 여긴 일단 패스.

케이분샤에서 한동안 시간을 보낸 후 츠바메 카페에 들렀다. 조용하고 평범한 서민 주택가의 작고 작은 카페. 동네만큼이나 평범한 카페. 두 명의 여주인이 번갈아 가면서 운영하는 이 카페는 날마다 반찬이 바뀌는 소박한 가정식 메뉴로 유명했다.

카페에 도착했을 때는 식사 시간이 아니어서 자리가 있었다. 가게 안이 얼마나 좁은지 테이블은 고작 네다섯 개뿐이었다. 곧 자리가 꽉 찼고 동네 사람들이 여럿 왔다가 그냥 되돌아가야 했다. 그럴 때마다 주인은 밖으로 나가 두 손을 모은 채로 말했다. "죄송해요. 지금은 자리가 다 찼습니다." 단골이 와도, 여러 명이 와도 먼저 온 사람이 우선이다. 한 사람이 4인용 테이블을 차지하고 있어도 싫은 기색을 하지 않는다. 그렇다고 손님을 과하게 반기지도 않는다. 무뚝뚝해 보일 정도로 무표정한 얼굴로 가볍게 목례를 할 뿐이다. 그렇다고 또 무례한 느낌도 아니다. 주인과 손님 사이에는 눈에 보이지 않는 얇은 막 같은 것이 있는데, 이렇게 작은 공간에서 장사를 하려면 이런 막이 반드시 필요하다.

함께 간 친구와 나는 오늘의 정식 메뉴를 주문했다. 밥과 된장국, 닭튀김과 샐러드와 절임 반찬. 집에서 만든 것처럼

담백했다. 모양은 예쁘지만 양은 적고 값은 비싸고 '이 정도
는 나도 만들겠는데' 싶은 음식이 아니어서 좋았다. 생활의
느낌이 밴, 건강하게 생활하는 사람이 만들 수 있는 그런 음
식이었다.

주방 쪽의 흰 벽에는 긴 나무 선반이 아래위로 차곡차곡
달려 있고, 선반 위에는 그릇과 컵, 주전자, 냄비 같은 것들
이 올려져 있었다. 이 카페의 따뜻한 분위기는 분명 여기에
서 나오는 것이리라. 하지만 그 물건들은 장식용 소품이 아
니라 모두 카페에서 직접 사용하는 것들이다. 이 카페의 주
인들은 특정한 분위기를 만든 후 그 안에서 일하고 살아가
는 것이 아니라, 그들이 일하고 살아가는 방식이 이 카페의
분위기를 만드는 것이었다. 바로 그런 이유로 나는 이 카페
가 마음에 쏙 들었다. 결국 나는 츠바메 카페 같은 장소를 만
들고 싶었던 것 같다. 소박하고 꾸밈없는 장소를. 으스대지
않는 장소를. 들어설 때마다 "실례합니다" 라고 말하지 않아
도 좋을 장소를.

몇 년 전 동네 뒷골목에 내가 차렸던 카페는 소박하기로
치면 이 카페와 쌍벽을 이룰 만큼 소박했다. 카페에 들어온

사람마다 '이런 걸 카페라고 부를 수 있단 말이냐' 는 표정을 지었으니까. 하지만 문제는 내가 주인이라는 사실이었다. 나의 친절과 불친절을 떠나서, 가게 주인으로서의 내 적격함과 부적격함을 떠나서, 나는 내가 손님이라면 이런 카페에 오지 않을 것이라는 결론을 내렸다.

카페에 가는 것은 커피를 마시고 싶어서이기도 하지만 대개는 익명의 인간이 되고 싶기 때문이다. 익명의 인간이고 싶지만 그렇다고 혼자 있고 싶지는 않을 때, 우리는 카페에 간다. 그럴 때 손님이라고는 없는 동네의 작은 카페에 들어가 보라. 주인과 나 사이에 흐르는 모종의 긴장감을 견딜 수가 없다. 나처럼 소심한 사람은 그렇다. 그런 가게에서는 커피 한 잔을 시켜놓고 하루 종일 죽치기도 힘들다. 시끄럽게 떠들 수도 없고, 꾸벅꾸벅 졸 수도 없고, 밖에서 사온 간식을 먹을 수도 없다. 혹시 자리를 더럽히지나 않을까, 의자 끄는 소리가 너무 크지나 않았을까 걱정스럽다. 별로 친하지 않은 사람의 집에 초대받은 사람이 된 기분이다.

그 카페가 아무리 마음에 들어도 어느 순간부터 나는 멀리 떨어진 스타벅스에 가기 시작한다. 내가 수많은 손님 중의 하나일 뿐인 장소에 있고 싶으니까. 내 돈을 내고 죄인처럼 전전긍긍하고 싶지 않으니까. 혹시나 카페 앞을 지나다가 슬픈 표정의 주인과 눈이 마주치기라도 할까봐 이제 나는 그 카페를 피하게 된다. 그곳이 싫어서가 아니다. 다만 불편한 것이다. 내가 만든 카페도 아마 동네 사람들에게 그런 장소였을 것이다. 그 사실을 깨닫자 굳이 더 끌 필요가 없었다. 나는 미련 없이 문을 닫았다.

하지만 동네의 작은 카페임에도 츠바메 카페는 부담스럽지 않았다. 주인은 누가 와도 가볍게 목례만 할 사람 같았다. 어쩌면 저 주인도 처음부터 저런 사람은 아니었는지 모른다. 오랜 시간 동네에서 카페를 꾸려오며 나름의 대처방식을 터득한 것인지도. 역시 무언가를 해보기 전에는 그것이 어떤 것인지 제대로 알 수 없다.

전에 나는 글쓰기 수업이라는 걸 해본 적이 있다. 진짜 수업이라기보다는 내 책을 사서 읽어준 독자들에게 고마운 마음으로 작은 선물을 한 것이다. 하지만 내가 쓰는 것과 남에게 쓰기를 가르치는 것은 차원이 다른 일이라서 무척 헤맸다. 수업의 제목은 '산책하듯 글쓰기'였지만 실제 수업은 경보에 가까울 정도로 정신없이 흘러갔다. 처음 이런 수업을 기획할 때는 대단하지는 않아도 10년 가까이 이 일을 해왔으니 내가 아는 것들을 알려드릴 수는 있겠다는 마음이었지만, 솔직히 말해 이것을 안다고 해서 무엇이 달라질지는 자신할 수 없었다.

대체 글쓰기라는 걸 가르칠 수 있을까. 그 부분에 있어 나는 회의적이다. 오래 전에 읽은 책에도 이런 구절이 있었다.

글쓰기에서 가르칠 수 없는 것이 있나요?

반드시 해내야겠다는 마음가짐이 가장 중요하다는 걸 아는 것, 그것이 아닐까요? 교사가 학생을 감시하면서 계속 노력하도록 만들 수는 없습니다. 사람들은 아직도 작가가 되려면 타고난 재능 같은 게 있어야 한다고 생각합니다. 재능 같은 게 있긴 있지만 궁극적으로 작가로 성공하는 사람은 하나의 작품에 접근하는 방식에 관해 생각하고 또 생각하는 그런 사람들입니다. 그래서 그런 사람들은 좀 고집이 세고 촌뜨기처럼 앞뒤 안 가리고 파고드는 그런 자질들을 갖고 있

는데⋯⋯, 그런 건 못 가르칩니다. 얘기할 수는 있지만 가르칠 수는 없죠. ─ 빌 스무트,《가르친다는 것은》중에서

아마 여기에서 말하는 자질은 최소한의 자질일 것이다. 글쓰기에는 이런 자질 말고도 많은 것들이 필요하다. 그런 것들을 나열해봤자 별 의미가 없다.

얼마 전에 같은 주제를 두고 수많은 작가들이 쓴 짧은 분량의 글들을 읽을 일이 있었다. 내가 이런 말을 할 처지는 아니지만 대부분의 글들이 눈에 안 들어오거나 잘 읽히지 않았는데, 딱 한 사람의 글만이 술술 읽혔다. 왜 그럴까. 그의 문장력이 남달리 뛰어나다거나 내용이 특별한 것도 아니었다. 글쓰기의 몇 가지 잔기술들 ─ 첫 문장으로 사로잡으라는 둥, 단문으로 치고 빠지라는 둥, 반전의 미학을 노리라는 둥, 뭐 그런 기술들을 구사한 것도 아니었다. 그의 글은 평범했다. 하지만 울림이 있었다.

어쩌면 그 울림은 그 사람에게서밖에는 나올 수 없는 게 아닐까. 한 인간으로서 그의 삶과 작가로서 그의 삶이 일치하기에, 중요한 문제에 있어서는 거짓을 말하지 않기에, 진

심으로 느끼고 생각하는 것을 쓰기에, 그래서 그 글이 잘 읽혔던 것이 아닐까. 그리하여 그가 쓴 글에 그가 가진 '기운'이나 '기세' 같은 것이 드러나는 것이 아닐까. 그리고 그 '기운'과 '기세'를 독자인 우리는 알게 모르게 캐치하는 것인지도 모른다. 바람의 방향을 따라 움직이는 새처럼, 해류를 따라 대양을 건너는 물고기떼처럼.

비단 글만이 아니라 그림에서도 그런 것이 보인다. 영화에서도, 실내 장식에서도, 옷차림에서도, 음식에서도 보인다. 꾸밈없이 진실한, 살아가는 자세가. 기운과, 기세가.

이제 츠바메 카페는 원래의 자리에 없다. 차분한 뒷골목이 아니라 전철역에서 가까운 길가로 자리를 옮겼다. 밖에서 보니 전보다 훨씬 세련된 인테리어였다. 츠바메 카페의 인기는 여전히 조용하고 대단했다. 점심시간이 지났는데도 몇 명이 줄을 서고 있어 맨 뒤에 섰지만 이번에는 운이 따라주지 않았다. 주인이 나와서 사과했다.

"죄송합니다. 오늘의 정식은 재료가 다 떨어져 마감되었어요."

주인은 여전했다. 차분하고 예의 있었지만 과하게 반기지도, 자존심을 구길 정도로 친절하지도 않았다. 결국 가게 안은 들어가 보지도 못하고 발길을 돌려야 했다.

기회가 된다면 다시 한 번 츠바메 카페에 가보고 싶다. 여전히 예전과 같을지, 옮긴 장소에서도 같은 것을 간직하고 있을지. 아마 그럴 것이다. 나는 두 여주인의 기운과 기세를 믿는다.

대학교에
갑니다

여행을 가서 딱히 할 일이 없을 때면 그 도시에 있는 대학교에 들른다. 국립대학교라면 더욱 좋다. 안정감이 느껴지기 때문이다. 나도 4년 동안 대학을 다녔지만, 게다가 다니는 동안에는 좀처럼 대학이라는 곳을 좋아할 수 없었지만, 여전히 대학이라는 단어를 들으면 설렌다. 딱히 돌아가고 싶은 마음은 없다 해도 말이다.

대학은 이상한 장소다. 시내에서는 보기 힘든 오래되고 낡은 건물들, 값싸고 인간미 없는 음식을 파는 식당, 대학이라면 이래야 한다는 듯 뭔가를 외치는, 오직 외치는 데만 집중하는 거친 글귀의 현수막과 대자보들, 느슨하게 자란 커다란 나무들, 그렇게 바깥의 번잡함이나 빠른 속도에서 스스로를 격리한 장소.

지친 듯 무심한 표정으로 자신이 얼마나 큰 행운을 타고 난 사람인지 모르는 채 다음 수업을 듣기 위해 바삐 걷고 있는 학생들. 몇 년만 지나면 머리를 짧게 깎고 흰 셔츠에 넥타이를 매고서 어른스러운 표정을 지을 테지만 지금은 그런 미래 따위는 상상조차 할 수 없다는 듯 부스스한 머리에 구깃구깃한 티셔츠, 헐렁한 청바지 차림으로 응석을 부리듯 건들거리고 있다. 그들의 어깨를 잡고 흔들며 소리치고 싶어진다. 이것 봐, 젊은이! 자네는 전 세계 인류의 1%나 누릴까말까 한 행운을 누리고 있다고! 그걸 알아야지!

물론 내가 대학생이던 때 누군가가 내게 그런 소리를 했다면 나는 그를 미친 사람 보듯 했을 것이다. 나는 수줍게 그들을 지나친다.

교토 대학교는 교토 시내 중심부에서 그리 멀리 떨어져 있

지 않다. 가와라마치 거리에서 버스를 타고 10여 분 정도만 가면 된다. 나는 교토 여행이 벌써 다섯 번째였고 계획도, 지도도 없이 내키는 대로 다니는 중이었다. 그래서 이번에는 교토 대학교에 가보기로 했다.

교토 대학교에 도착한 때는 막 점심시간이 되기 전이었다. 교문 앞에는 도시락을 늘어놓고 파는 노점상들이 모여 있었다. 도시락은 꽤 맛있어 보였고 종류도 다양했다. 나는 인도풍 도시락을 샀다. 샤프란을 넣은 노란색 볶음밥에 매콤해 보이는 스파게티와 탄두리 치킨, 샐러드 같은 것들이 들어있었다. 도시락을 들고 학교 안으로 들어갔다.

대부분이 평지인 교토답게 교토 대학교 부지 역시 언덕 하나 없이 평평하다. 중앙으로 뻗은 폭이 좁고 긴 도로를 따라 양쪽으로 은행나무와 건물들이 늘어서 있었다. 곳곳에 세워둔 자전거들이 보였다. 건물과 건물 사이의 공간에 몇 개의 야외 테이블과 벤치가 있어서 그곳에 앉아 도시락을 먹었다. 도시락은 맛있었다.

저쪽 테이블에서 히잡을 쓴 이슬람 여자들이 아이들에게 도시락을 먹이고 있었다. 저들도 우리 같은 관광객일까. 이

어폰을 귀에 꽂고 어깨를 움츠린 채 혼자 도시락을 먹는 남학생, 둘이서 이야기를 나누며 함께 도시락을 먹는 남학생들이 보였다.

어쩌면 나도 이 학교의 학생이 될 수 있었을지도 몰랐다. 가만 생각해보면 이국의 학생이 되어 젊은 시절의 한때를 보낸다는 건 얼마나 근사한 일인지 모르겠다.

교토에 살며 교토 대학교에 다니는 사람의 인생이란 어떤 걸까. 아침이면 비좁고 춥고 어두운 다다미방에서 잠이 깨어 역시 비좁은 욕실에서 대충 샤워를 하겠지. 배가 고프니 냉장고에서 꺼낸 차가운 우유에 시리얼을 말아 허겁지겁 떠먹을 거야. 그리고 어제 입었던 것과 다를 바 없는 셔츠에 청바지를 걸치고 자전거에 올라 페달을 밟을 테지. 몇 개의 골목을 거쳐 가모 강변의 한적한 길을 따라 달리는 거야. 바람은 선선하고 햇볕은 부드럽고 풀냄새는 싱그럽겠지. 머릿속은 이런 저런 고민으로 가득 차 있지만 사실상 고민해봤자 딱히 답을 알 수 없는 고민들이기에 아무 생각을 하지 않는 것이나 마찬가지야. 젊어서 답을 안다는 건 불가능한 일이니까. 고민 따위는 잊어버리자며 페달을 더 세게 밟아버릴 거야.

그런 모습을 상상하는 것만으로도 왠지 기분이 좋아졌다. 상상만으로도 충분하다.

그러나 내가 대학에 다니던 때를 떠올리면 딱히 기분이 좋지만은 않다. 그 학교는 우선 교문에서부터 학업의 의지를 꺾게 만드는 학교였다. 교문을 지나면 곧장 경사 60도 정도의 언덕이 시작됐기 때문이다. 그 위로 높은 산이 보이는데, 그 산의 정상에 내가 다니는 연극영화과가 속한 인문과학대학 건물이 있었다. 가혹하다.

대개 빈속인데다 전날의 숙취로 제정신이 아니던 우리는 거의 기다시피 138개의 계단을 올라야 했다. 정상을 정복하고 난 후에는 이미 하루치 에너지를 다 써버린 기분이었다. 끔찍하게 약한 체력으로도 우리는 어찌 됐든 수업에 들어가고 연극을 하고 영화를 찍고 술을 마셨다. 그러면서 틈틈이 연애도 해야 했고 서울에 사는 대학생의 본분을 다하기 위해 초대받지도 않은 장소들을 들락거렸다. 연극에 가거나 파티에 가거나 전시회에 가거나.

우리는 늘 '건수'를 찾아다녔다. 새로운 것을 보고 새로운 사람을 만나고 새로운 일을 할, 그런 건수를. 보잘것없고 지리멸렬한 스무 살 인생을 획기적으로 업그레이드시켜 줄 그런 건수를. 이렇게 쓰고 나니 건수가 어떤 남자애의 이름 같다.

아무튼 그러면서도 우리는 건강에 보탬이 될 만한 일이라고는 죽어라 하지 않았다. 취업 준비 같은 것도 전혀 하지 않았다. 전공 수업과 실습만으로도 잠잘 시간조차 부족하던 대학 4학년 때는 어찌나 힘들었던지 방광염을 비롯한 온갖 질환이란 질환은 다 걸릴 정도였다.

대학 때 내가 들은 수업 중에 '포스트 모더니즘의 이해'라는 수업이 있었다. 국문학과의 3학년인지, 4학년의 전공수업이었다. 왠지 이름이 마음에 든다며 친구 몇과 반 장난으로 신청한 수업이었다. 첫 시간에 강의실에 앉은 인원은 정원을 넘는 숫자였다. 젊은 교수는 나와 내 친구들을 한 번 훑어보더니 의기양양하게 말했다. "내 수업 힘들 거예요. 자신 없는 사람은 자폭하세요." 그는 우리를 짚으면서 다시 한 번 강조했다. "특히 연영과, 자폭하세요."

하지만 우리는 보란 듯이 다음 시간에 그 자리에 앉아 있었다. 인원은 반으로 줄어 있었다. 교수는 우리를 보면서 씁쓸히 웃었다. "자폭하라고 했더니." 반 토막 난 인원으로 그 학기의 수업은 시작되었다.

그 수업은 정말이지, 지금껏 들어본 적 없는 수업이었다. 대학에 들어와 처음으로 나는 내가 가늠조차 할 수 없는 대단한 어떤 것을 탐구하는 기쁨에 사로잡혔다. 수업이 마음에 들지 않으면 교수가 문 옆에 서있어도 당당하게 강의실을 나가버리던 내가(죄송합니다, 교수님들) 단 한 번도 결석하지 않았다. 우리의 포스트 모더니즘 교수는 책이나 영화, 애니메이션을 비롯한 다양한 자료들을 들고 와서 포스트 모더니즘이 무엇인지 우리 스스로 느끼고 받아들일 수 있게 했다. 수업시간엔 주로 밀린 잠을 보충하거나 주머니에 넣어온 문고본 책을 읽던 나는 귀를 쫑긋 세우고 그의 이야기를 듣기 위해 노력했다.

후반부의 수업은 발표로 대체되었는데, 이 발표가 기말고사 성적이었다. 모든 학생들이 한 주씩 돌아가면서 교수가 정해준 포스트 모더니즘의 다양한 분야에 대해 발표해야 했다. 나의 발표 주제는 '포스트 식민주의'. 이 수업이 전공 필수인 국문학과 학생들은 대체로 수업이나 발표에 대해 시니컬했지만, 나는 너무 즐거워 견딜 수 없을 지경이었다.

하지만 지금도 포스트 모더니즘이 무엇이고, 포스트 식민주의는 무엇이냐는 질문을 받으면 멍해진다. 솔직히 무얼 배웠는지 조금도 기억이 나지 않는다(이럴 수가). 다만 그 수업이 계속되던 동안 나는 그저 지식의 가장자리에, 우리가 차마 한눈에 볼 수도 없을 거대한 어떤 것의 가장자리에 달라붙어 그것을 더듬어가던 과정을 진심으로 즐겼던 것 같다. 그 수업 하나만으로도 대학에 간 것은 의미 있었다고 말할 수 있을 정도다.

수업이 끝나고 마지막 뒤풀이 시간에 교수는 나에게 말해주었다. "학생은 공부를 계속해 보세요. 자질이 있어요." 내가 똑똑해서 한 말은 아닐 것이다. 나는 정말로 멍청했으니까. 그 교수가 내게 그런 말을 해준 이유는 앞 팀의 발표가 길어져 내 발표 날짜가 3주 미뤄졌는데, 그 3주 동안 내가 시키지 않았는데도 매주 발표 자료를 수정해서 다시 제출했기 때문일 것이다. 다시 볼 때마다 부족해서 견딜 수가 없었기 때문이다.

포스트 모더니즘 교수가 착각한 것은, 그때 내가 그랬던 것이 무슨 자질이 있어서가 아니라 그 수업이 너무 좋아서였기 때문이라는 사실이다. 좋아하는 일에는 누구나 그렇게 열심일 수 있다. 대가를 바라지 않고, 아니 대가 같은 건 없기 때문에 더 열심일 수 있다.

교토 대학교에는 자전거를 타고 등하교를 하는 학생들이 많다. 나처럼 매일 등산을 하며 등하교를 하던 사람에게는 상상도 못할 대학생활이다. 다시 20대로 돌아가야 한다면 차라리 죽는 게 낫겠다 싶고 대학생활에 딱히 미련도 아쉬움도 없지만, 다시 대학에 다녀야 한다면 그때는 좋은 대학의 조건을 그 무엇보다 '평지'로 꼽으며 매일 자전거를 타고 등하교를 하고 싶다.

자전거를 탈 때 가장 중요한 것은 균형 잡기이다. 처음 자전거 타기를 배울 때 아빠가 뒤에서 나를 밀어주었는데, 어느 순간 등 뒤가 횅한 느낌이 들었다. 무섭고도 짜릿한 느낌이었다. 돌아보니 아빠가 자전거를 잡은 손을 놓고 저 멀리서 나를 바라보고 있었다. 그때 아빠의 얼굴은 재미있는 것 같기도 했고 뿌듯한 것 같기도 했다. 사실 나는 돌아보기 전부터 알고 있었다. 내가 한 단계를 통과했다는 것을. 자랐다는 것을.

이제 나도 부모가 되었다. 내 아이들은 공립학교 대신 작은 대안학교에 다닌다. 내가 극성스러운 부모인가? 잘 모르겠다. 그저 아무 생각 없이 이사 온 동네에 대안학교가 있었고, 그때만 해도 학생 수가 10명밖에 안 되었던 그 학교가 마음에 들어서 보낸 것뿐이다.

아무튼 대안학교에 보내기 때문에 아이들의 성적도 모른다. 내 아이들이 공부를 잘하는지 못하는지도 모른다. 이 아이들이 과연 대학에 갈 수나 있을지도 모른다. 대한민국의 지옥 같은 입시전쟁에서 나는 구경꾼처럼 멀찍이 떨어져 있다. 아이들의 미래를 책임질 수도 없는데 나는 왜 이렇게 무대책인 걸까. 아마 언젠가 땅을 치고 후회할 수도 있겠지.

이런 나지만 그래도 우리 아이들이 대학에 갔으면 좋겠다. 대학에 가야 해서 대학에 가는 것이 아니라, 자신이 원하는 것을 배우기 위해 대학에 갔으면 좋겠다. 대학이라는 곳에서

자신의 한계를 마주하고 자신보다 더 대단한 것들을 발견하고 만날 수 있기를 바란다. 더불어 좋은 대학에 갔으면 좋겠다. 대학이 취업사관학교가 아니라 인류의 역사를 통해 이어져 내려오는 진정한 '교양'을 배우는 곳임을 잘 알고 있는 대학에 갔으면 좋겠다. 나의 '포스트 모더니즘의 이해'의 교수 같은 그런 선생을 만났으면 좋겠다. 그 앞에서 기꺼이 무릎 꿇고 싶어지는 거대한 것들을 만나는 기쁨을 그 아이들도 누릴 수 있다면 좋겠다.

그렇다고 세상을 너무 이상적으로만 바라보지는 않기를 바란다. 먹고 사는 일은 무엇보다도 중요하니까. 현실과 이상 사이에서 균형잡기에 실패하지를 않기를 바란다. 그렇다. 부모로서 나의 교육 목표는 오로지 그것이다. 현실과 이상 사이에서 균형잡기를 익히게 하는 것. 현실에 잡아먹히지도, 이상에 눈멀지도 않는 어른으로 자라게 하는 것.

대학교라는 곳에 다시 갈 때마다 나는 과거로 돌아온 유령이 되어 그 과거를 바라보는 기분이 든다. 그 시기를 이미 거쳤으니 그 시기가 내 인생에서 어떤 의미인지 안다. 무엇을 해야 하고 무엇을 하지 말아야 하는지도 어렴풋이 알 것 같다. 하지만 나는 아무것도 바꿀 수가 없다. 되돌릴 수 있는 건 아무리 찾아봐도 없다.

교토 대학교에서 나는 이렇게 여러 감정들을 느낀다. 부러움, 후회, 안도감, 희망, 허탈함, 쓸쓸함. 11월이었다. 은행나무들은 잎을 떨어뜨리는 중이었고 교정은 횅했다. 바람은 차가웠다. 그래서 더 쓸쓸해졌다. 나는 어깨를 움츠리고 열리지 않는 건물들 주위를 나이든 유령처럼 기웃거리다 교정을 빠져나왔다. 내 대학시절을 아무리 좋게 회상하려 해도 그럴 수 없는 이유는 그놈의 언덕 때문이었다고 굳게 믿으면서.

느긋한
목욕

교토 근교의 유명한 관광지 아라시야마에
는 산과 강이 있다. 절도 있고 유명한 대나무숲길도 있다. 교
토 시내에서 20분 정도 전철을 타면 갈 수 있다.

아라시야마 역에 내려 잠시 걸으면 강이 나온다. 도시의
인공적인 강과는 다른, 자연 그대로의 모습에 가까운 거친
강이다. 이 강 건너편에 미야자키 하야오의 애니메이션 〈센
과 치히로의 행방불명〉에 나올 듯한 오래된 모습의 낮은 상
점가가 늘어서 있다. 다리를 건너면 다른 세상에 닿을 것만

같다.

　늘 관광객들로 북적이는 도게츠 교를 건널 때 상류 쪽에서 불어오는 바람을 타고 커피 향이 퍼졌다. 커피를 좋아하는 엄마는 그 향기에 황홀해 했다. 커피 향의 진원지는 다리 왼쪽의 카페, 아라비카 교토 아라시야마 지점이었다. 고작 대여섯 평 정도 크기의 이 작은 카페는 정자나 목조가옥 같은 외관이 온통 흰색으로 칠해져 있다. 강을 마주보는 크고 깨끗한 유리창 안쪽에서 세 명의 직원이 열심히 에스프레소를 뽑고 라떼의 거품을 낸다. 카페 안은 물론이고 바깥까지 줄이 한참이었다.

　나는 줄 서는 것을 싫어한다. 줄까지 서가며 뭘 해야 한다는 것이 귀찮고 번거로워서다. 실은 사람이 많은 곳, 인파로 북적이는 곳도 좋아하지 않는다. 여름 휴가철이면 TV 뉴스에서는 늘 경포대나 해운대 바다를 보여주는데, 백사장 위는 누울 자리조차 찾기 힘들다. 바닷속도 수영을 하는 건지 목욕을 하는 건지 알 수 없을 정도로 사람들로 가득 차 있다. 바가지요금까지 기승이다. 그럼에도 인터뷰에 응하는 사람들은 즐거운 표정으로 "휴가의 재미는 이런 거니까요"라고 말한다. 참 긍정적인 사람들이다. 존경스럽다. 빈정대는 것이 아니라 진심이다.

나는 북적이는 걸 견디지 못해 휴가철에도 집 밖으로 나가지 않는다. 시즌이 다 지나고 사람들이 일터로 돌아간 평일이 되어서야 휴가를 간다. 어딜 가나 한적하고 때로는 쓸쓸하거나 황량하기까지 하다. 그래도 차가 막히고 어딜 가나 줄을 서야 하고 사람들에 떠밀려 다니는 것보다는 낫다.

그런 내가 아라비카 교토의 커피를 마시기 위해 줄을 섰다. 다행히 줄 서는 시간은 그리 끔찍하지는 않았다. 바로 옆은 아름다운 산과 강, 줄을 선 내내 커피콩을 볶고 가는 좋은 향기를 맡을 수 있었기 때문이다. 먼저 커피를 받은 사람들이 사진을 찍고 커피를 마시면서 감탄하는 모습에 기대감도 높아졌다. 엄마도 강둑에 앉아 경치를 즐겼다.

무려 한 시간을 기다려 마신 커피는 맛있었다. 진하고 고소하고 신선했다. 엄마는 맛있는 것을 넘어 환상적이라고 했다. 그 커피가 왜 그렇게 맛있었을까. 어쩌면 압도적인 커피콩 볶는 향기 때문이었는지도 모른다. 아라시야마의 경치나 좀처럼 여유를 잃지 않는 카페의 직원들 덕분이었는지도 모

른다. 밀려드는 손님 때문에 손목이 나가지 않을까 걱정이 될 정도였지만 그들은 변함없이 조용하고 친절하고 여유 있었다. 그럴 수 있는 건 커피를 만들면서 그들이 늘 창 너머 아라시야마의 기막힌 경치를 바라보고 있기 때문인지도 몰랐다. 이유가 뭐건 간에 무엇을 보며 일하고 사는가 하는 문제는 중요하다.

아무튼 아라시야마에서는 맛있는 커피를 마신 것만으로도 충분했다. 이미 시간이 많이 지나 해가 저물어가고 있었지만 이렇게 맛있는 커피를 마셨는데 대나무숲길이야 아무렴 어때, 라는 생각이 들었다.

돌아올 때는 아라시야마에 도착할 때 봐두었던 공중목욕탕에 들렀다. 온천도 아닌 관광지 근처의 목욕탕에 불과했지만 기분 좋은 곳이었다. 꼭 필요한 것들이 적재적소에 놓인, 새것이 아니라도 깔끔하게 관리한 장소. 욕장 입구의 문을 열면 돌로 만든 크고 높은 대야에 물이 가득 담겨 있는데, 나무로 만든 바가지에 물을 떠 발을 먼저 씻을 수 있게 되어 있다. 목욕시설이야 특별할 것이 없었지만 쓰고 난 일회용

샴푸 팩이 굴러다니거나 벽과 타일의 틈새에 곰팡이나 물때
가 껴있지 않은 것만으로도 안심이 되었다. 다만 수건은 돈
을 주고 사거나 빌려야 해서 우리는 한 장에 100엔 하는 얇
은 수건을 하나 샀다. 사실은 수건보다는 행주에 가까웠다.

 일본의 공중목욕탕 사용법은 우리와 비슷하면서도 조금
다르다. 일단 이 사람들은 때를 밀지 않는다. 그래서 욕탕이
아닌 개인용 자리에서 많은 시간을 보내지 않는다. 개인용
자리는 욕탕에 들어가기 전 몸을 씻을 때, 머리를 감을 때에
만 앉는다. 일본의 목욕탕에는 대개 샴푸와 린스 등이 비치
되어 있고 사람들은 그야말로 욕탕에 몸을 담근 후 샤워만
하고 가기 때문에 짐을 잔뜩 싸들고 오는 일도 없다. 등을 밀
어주는 모습도, 요거트를 온몸에 바르는 아주머니도, 샤워기
를 호탕하게 뿌려대는 일도 없다. 다들 수건으로 중요부위를
가린 채 조용조용히 목욕을 한다.

 이들은 자리를 따로 맡아두지도 않는다. 머리를 감고 샤워
를 한 후 대야와 의자를 깨끗이 씻어 원위치에 두고 자리를
뜬다. 나갈 때도 들어올 때의 그 모양 그대로 정리해 두는 것
이다. 이 사람들은 그런 일에 너무 철저해서 가끔은 갑갑하

거나 무섭다는 생각이 들기도 하지만, 그럼에도 배울 만한 태도인 것 같기는 하다. 내가 떠난 자리를 깨끗하게 정리해 두는 것. 마치 내가 온 적 없었던 것처럼. 그러고 보면 자리 에서 일어날 때 습관적으로 의자를 밀어 넣는 아이들을 보 면 예쁘다는 생각이 든다. 공중화장실 세면대를 쓴 후 손을 닦은 종이 타월로 주위에 튄 물을 한 번 닦아내는 사람이라 면 조건 없이 믿고 싶어진다.

어쩌면 그런 태도를 인생 전체에 대입해볼 수도 있을 것 같다. 나의 인생이라고 해봤자 이 세상을 한 번 살짝 스쳐지 나가는 것일 뿐일 텐데, 그런 나로 인해 세상이 더 지저분해 지거나 더 나쁜 곳이 되어서는 안 되겠지.

태어날 때 아무것도 없이 태어난 것처럼 죽을 때도 아무 것도 없이 죽는 것이 맞다. 이 세상에 별 보탬이 된 것도 없 으니 죽을 때도 가능한 한 이 세상에 해를 끼치지 않고 사라 지는 것이 옳다. 물론 쉽지는 않은 일이다. 일단 내가 급사할 때를 대비해 컴퓨터 안에 저장된 글들(주로 나의 망상을 적어 내린 일기들)을 어서 빨리 정리해야 한다. 남부끄러운 이야기 를 잔뜩 써놓았고 특히 남편을 욕하며 결혼생활의 스트레스를 표출한 글이 너무 많다. 하지만 수년째 생각만 하고 있다. 다행히 아직까지는 죽지 않았지만 언제 그런 날이 올지 모르니 빨리 정리해야겠다.

1980년대와 1990년대에 공중목욕탕은 엄청난 인기였다. 엄마는 매주 일요일, 절대 빼먹을 수 없는 의식이라도 치르듯 목욕탕으로 향했다. 목욕탕에는 늘 사람이 너무 많았고 가끔은 발 디딜 틈도 없을 지경이었다. 엄마와 나는 발가벗은 채로 입구 근처에 서서 어디 자리가 나질 않나 초조한 심정으로 기다려야만 했다. 자리가 나지 않으면 물 근처도 아닌 이상한 자리에 대충 짐을 풀고 앉거나, 누군가가 욕탕이나 사우나에 들어가느라 잠시 비운 자리 옆에 쪼그리고 앉아 샤워부터 했다. 그러다 보면 결국 자리가 나긴 했다.

평생 남의 집 월세만 전전하다 내 집 마련에 성공이라도 한 사람들처럼 안도하면서 '우리 자리'에 목욕가방을 올려둔 엄마와 나는 욕탕에 들어가 몸을 불렸다. 하지만 내 집이 생겨도 가난의 공포라는 것은 쉽게 사라지질 않아서 욕탕에 앉은 내 마음은 타들어갔다. 내 시선은 '우리 자리' 주변을 벗

어나지 못했고 누가 '우리 자리' 근처에만 다가가도 신경이
곤두섰다. 가끔 우리 의자를 가져가는 사람들도 있었다. 자
리를 빼앗길까 불안해서 앉아 있는 것이 고역일 지경이었다.

　아무리 붐벼도, 아무리 힘들어도 일요일에는 목욕탕에 가
야 했다. 엄마에게 있어 일주일에 한 번씩 뜨거운 물에 몸을
불리고 때를 벗기는 것은 사람의 도리였다. 그리고 목욕탕에
갈 때마다 나는 근심, 불안, 초조, 심장을 조여 오는 서스펜
스와 공포를 느껴야만 했다. 저 사람이 우리 자리에 앉으면
어떻게 하지?!

　스무 살이 되어 독립을 해서도 목욕탕에 가는 습관은 쉽게
버리지 못했다. 서른 살이 될 때까지 나는 엄마가 가르쳐준
대로 살았다. 홀로 목욕탕에 다녔고 열심히 때를 불리고 밀
었다. 누가 내 자리를 넘보지나 않을까 욕탕에 앉아서도 내
적 고뇌에 빠진 채로.

　스물다섯 살에 공짜 홋카이도 패키지 투어에 낀 적이 있
다. 40대의 남자 사진작가가 동행했는데, 그는 온천장에 묵
을 때도 온천욕을 하지 않았다. "물이 얼마나 좋은지 몰라요"

"피부가 부드러워졌어요" 하고 온천욕을 권하는 우리에게 그는 샤워로 충분하다며 이렇게 말했다. "오늘은 부드러워진 것 같아도 내일이면 똑같아져요." 참 이상한 사람이다 싶었다. 혹시 남 앞에서 옷을 벗을 수 없는 흉터나 장애 같은 게 있는 것이 아닐까 싶기도 했다.

이제 나는 공중목욕탕에 가지 않는다. 나 말고도 많은 사람들이 공중목욕탕에 가지 않게 되었을 것이다. 1900년대는 끝났고, 공중목욕탕의 시대도 저물어 가고 있다. 한겨울에도 매일 샤워를 할 수 있을 정도로 요즘의 욕실은 따뜻하고 뜨거운 물도 콸콸 잘 나온다. 내가 어릴 때는 아파트에 살아도 너무 추워 목욕을 하려면 욕실에 난로를 켜고 가스레인지에서 팔팔 끓인 뜨거운 물을 찬물과 섞어 써야 했다.

나는 한동안 그 옛날에 살던 아파트만큼이나 추운, 아니 그보다 더 추운 집에서 살았지만 그래도 공중목욕탕에 가지 않았다. 예전보다 내 피부가 좋아졌기 때문이다. 엄마는 피부가 좋아지려면 일주일에 한 번씩 때를 밀어야 한다고 했지만 며칠만 지나면 피부는 다시 거칠어졌다. 내 피부가 전보다 좋아진 건 달리기를 시작하면서부터였다. 원래 땀을 잘

흘리지 않는 체질인데 달리기처럼 격한 운동을 하다 보니 땀이 분수처럼 나기 시작했고, 내 피부는 죽어라 때를 밀던 그때보다 훨씬 나아졌다. 건강도 좋아졌다.

때를 밀지 않거나 뜨거운 욕조에서 몸을 불리지 않는다고 해서 큰 일이 나지 않는다. 몸이 안 좋을 때는 뜨거운 물로 샤워를 한 후 이불을 푹 뒤집어쓰고 자거나 밖에 나가서 땀이 나도록 달리고 나면 피로가 풀린다. '일요일에는 목욕탕'이라는 불변의 스케줄이 사라지니 여유가 생겼다. 시간적 여유는 물론이고 정신적 여유까지. 꼭 때를 밀 필요가 없다. 오늘 부드러워진 것 같아도 내일이면 똑같다.

아라시야마의 공중목욕탕에서 목욕을 하는 것은 그 시절과는 달리 느긋하고 평온하고 즐거웠다. 이제 나는 때를 밀지도 않고 자리도 맡아두지 않았으니 내 자리를 빼앗길까 걱정하지 않아도 되었다. 내가 가져온 짐이라고는 샤워기 위에 올려둔 100엔짜리 수건뿐……인데 그 수건을 어떤 여자가 아무렇지도 않게 들고 나가고 있다!!! 엄청난 위기감을 느낀 나는 고질라처럼 물을 헤치고 욕탕에서 뛰쳐나와 그 여자를 소리쳐 불렀다.

"그건 내 수건이에요! 내 거라고요!"

여자는 당황해서 나를 돌아보더니 얼떨떨한 표정으로 수건을 돌려주었다. 나는 수건을 손에 꼭 쥔 채 의기양양하게 욕탕으로 돌아왔다.

이 모든 것이 벌거벗은 채로 일어난 일이다.

이런 것이 싫어 예전의 나는 공중목욕탕에만 가면 그렇게 초조해졌나보다.

요즘의 공중목욕탕은 예전처럼 붐비지 않겠지만, 그래도 나는 공중목욕탕을 떠올릴 때마다 그때의 긴장과 초조와 불안이 함께 떠오른다. 아마 나는 내 것과 내 자리를 지켜야 한다는 것이, 내 것을 지키기 위해서는 가끔은 벌거벗은 채로 달려가 소리를 지르기도 해야 한다는 것이, 그런 것이 힘들어 견딜 수 없었나 보다. 실은 지금도 그 일이 가장 힘들고 또 하고 싶지 않은 일이다. 얌전히 줄을 서서 기다리는 동안 혹시 내 차례가 오기 전에 커피든 음식이든 물건이든 동이 날까 가슴을 졸이는 것도 힘들다.

애초에 내 것이 아니라고 생각하면 좋을 것이다. '공수래 공수거'라는 말이라도 주문처럼 되뇌면 좋을 것이다. 그럼에도 평생 나는 붐비는 휴가철과 일요일의 공중목욕탕과 줄 서는 음식점을 피하면서 살아가겠지. 사람은 쉽게 변하지 않는다.

커피를 만드는
시간

이름을 기억하지 못하는 교토의 작은 커피 가게는 우연히 발견한 장소였다. 엄마와 나는 거리를 걷다가 좁고 긴 모양의 이 커피 가게를 발견했다. 유리창 너머로 가게를 세로로 가로지르는 바와 바 너머에서 웨이터 복장을 한 채 커피를 내리는 나이든 아저씨가 보였다. 바에는 몇 명의 손님이 앉아 그를 지켜보고 있었다. 많아야 일고여덟 명이 겨우 들어갈 크기의 작은 가게였다. 나는 머뭇거렸지만 엄마가 나를 이끌었다.

"들어가 보자."

엄마가 없었다면 가보지 않았을 것이다. 나는 잘 알지 못
하는 장소에는 잘 가지 않는다. 아니, 가지 못한다고 해야 맞
을까? 내게는 그런 두려움이 있다. 알지 못하는 것들에 대한
두려움이. 옷도 늘 사는 곳에서만 산다. 머리끝부터 발끝까
지 유니클로와 자라, 갭과 무인양품, 이런 식이다. 새로운 것
과 실패가 두려운 것이다.

바에 앉자 주인아저씨는 우리를 향해 가벼운 인사를 건넸
다. 아저씨는 무척 바빠 보였는데 알고 보니 옆자리에 앉은
젊은 커플을 위한 커피 젤리를 즉석에서 만들고 있었다. 원
두를 갈아 커피를 추출하고 커피에 무언가를 넣어(아마 젤라
틴이었을 것이다) 얼음을 잔뜩 담은 통 안에서 빠르게 젓는다.
그런 다음 틀에 넣고 굳을 때까지 잠시 기다린다. 얼마 지나
지 않아 말랑말랑한 젤리가 만들어지고, 칵테일 잔에 까만
젤리를 가득 담은 뒤 그 위에 연유를 뿌린다. 옆자리의 커플
은 신기하고 즐거운 표정으로 그 과정을 지켜보고 있다.

우리는 드립 커피 두 잔을 주문했다. 아저씨는 쉴 틈 없이

커피를 갈아 드리퍼 위에 올리고 주둥이가 좁은 주전자로 뜨거운 물을 붓기 시작했다. 원을 그리며 물을 붓는 그 동작에는 거드름도, 부담스러운 진지함도 없었다. 아저씨는 저래도 되나 싶을 정도로 휙휙휙 호쾌하게 물을 부었고 우리는 그게 무척 마음에 들었다.

커피가 다 만들어지기를 기다리는 시간도, 쉴 틈 없이 커피를 내리는 주인아저씨를 지켜보는 시간도 즐거웠다. 커피도 맛있었다. 그런데 가만 보니 아저씨의 한쪽 얼굴이 조금 이상했다. 한쪽이 다른 쪽보다 조금 아래로 내려앉은 것 같았고 잘 움직이지 않는 것 같기도 했다. 그러고 보니 한쪽 팔도 조금 불편해 보였다. 그렇지만 아저씨가 커피를 내리는 데는 아무런 장애가 되지 않았다.

나는 언젠가부터 커피 맛을 아는 여자가 되어버렸다. 무언가의 맛을 아는 여자가 되면 즐거운 일도 많지만 귀찮은 일도 많다. 이제 나는 아무 카페에나 들어가서 커피를 주문할 수 없다. 맛없는 커피를 마시면 화가 나기 때문이다. 내가 생각하는 가장 낭만적인 커피는 기차역 대합실이나 고속도로

휴게소에서 마시는 커피이다. 자신이 어디에 있는지 알 수 없는 장소에서 마시는 커피. 일상과는 떨어진 장소에서 마시는 커피. 하지만 이제 그런 커피도 마실 수 없다. 커피 맛을 아는 여자가 되었기 때문이다. 보리차를 마시는 건지 커피를 마시는 건지 알 수 없는 묽은 커피나, 오래되고 질이 좋지 않아 탄 맛과 쓴 맛이 나는 커피를 마시면 기분이 나빠진다. 그렇다. 나는 피곤한 사람이 되어버린 것이다.

가끔 나는 집에서 커피를 볶는다. 초록색의 커피 생두를 사서 직접 볶아 갈색의 원두로 만든다. 처음에는 호기심 때문에 별 생각 없이 프라이팬에 볶았더니 그야말로 대참사였다. 엄청난 연기에 식구들이 모두 뛰어나와 불이라도 질렀냐며 기침을 해댔고 벗겨진 커피 껍질이 사방으로 날아다녔다. 볶은 원두는 대부분 새까맣게 타버렸다. 대실패.

하지만 나는 실패에 굴하지 않는 사람이다(물론 집에서 커피를 볶는 정도의 딱히 야심이랄 게 필요하지 않은 일에 한해서만). 둥근 체 두 개를 아래위로 이어 붙여 그 속에 원두를 넣고 볶으면 좋다는 이야기를 책에서 찾아 읽고 당장 마트로 달려가서(나는 한번 무언가에 꽂히면 지옥까지라도 가는 성격이기도 하다. 역시 야심이 별로 필요치 않은 일에 한해서만) 둥근 체두 개를 샀다. 하나의 체에 원두를 담은 후 뚜껑처럼 다른 체를 위에 씌우고 가스 불 위에서 볶기 시작했다. 손이 너무 아팠다. 자꾸만 뚜껑 체가 달아났다. 이번에도 연기나 껍질의 참사는 비슷했다. 아무튼 손이 아파 계속할 수가 없었다. 커피는 다 타버렸다.

결국 나는 인터넷에서 도자기로 만든 커피 볶는 도구를 찾아냈다(이 정도의 집요함과 열정을 다른 쪽에 발휘했더라면 좀 더 훌륭한 인물이 됐을 텐데). 둥글고 납작한 몸체에 자루가 달려 있고 속은 텅 비었으며 몸체의 윗부분에는 둥근 구멍이 뚫려 있다. 마치 손잡이가 달린 속 빈 도넛처럼. 구멍으로 콩을 넣고 자루를 손에 쥔 뒤 가스 불 위에서 흔들어준다. 끝없이.

이 도구는 지금까지 써본 도구 중 가장 만족스러웠다. 원시시대를 탈출해 문명의 빛을 쬔 한 명의 호모 에렉투스가 된 기분이랄까. 이 도구는 뚝배기처럼 온도가 천천히 높아지는데다 열기가 일정하게 유지되어 콩이 잘 타지 않는다. 구멍으로 연기와 김은 빠져나가지만 껍질은 날아오르지 않는다. 다 볶고 난 후에는 자루 끝의 구멍으로 콩을 쏟아내면 된다. 세상에. 대체 누가 이런 걸 발명했을까. 알고 보니 이 도구는 일본 사람들이 깨를 볶을 때 쓰는 것이었다.

　괜찮은 도구는 찾아냈지만 시간과 온도와 속도를 조절하는 데는 요령이 필요했다. 그리고 실패해도 계속 하다보니 요령이 생겼다. 처음에는 가스레인지 불을 가장 약하게 켜고 그 위에 커피 볶는 도구를 올려둔다. 온도가 서서히 오르기 때문에 어느 정도 뜨거워지기 전까지는 그대로 두거나 생각날 때마다 한 번씩 들어 흔들어주면 된다. 제법 열이 오르면 그때부터는 불의 세기를 조금 높인 후 도구를 들어 천천히 흔들다가 내려두기를 반복한다. 힘을 잘 배분해야 한다. 초반에 힘을 다 빼서는 안 된다. 갈 길이 멀다.
　그렇게 기다리다 보면 어느 순간 초록색 콩들이 조금씩 갈색을 띠기 시작하는데 그때부터는 결전의 시간이 시작되는 것이다. 각오를 단단히 하고 자루를 손에 쥔 채 가스 불 위에서 열심히 흔들어 준다. 세게 흔드는 것이 아니라 천천히, 화롯불에 부채를 부치는 노인처럼 천천히 흔들어야 한다. 하지만 세게 흔들거나 천천히 흔들거나 팔이 아프긴 마찬가지다. 인내가 필요한 시점이다. 이럴 시간에 밖으로 나가 원두를 사오는 게 나을 거라는 생각이 든다. 사실 그게 낫다. 하지만 한번 시작한 일을 멈출 수 없다(따지고 보면 내 인생의 실수와 오점은 다 여기에서 비롯되었다).

온갖 상념에 파묻힌 채로 나는 도구를 흔든다. 흔들면서 예전에 TV 다큐멘터리에서 본 에티오피아 시장의 커피 볶는 여인을 떠올린다. 하루 종일 쪼그리고 앉아 주걱으로 철판 위의 커피콩을 젓는 일만 하던 그 여인을. 그 여인의 신세나 내 신세나 별반 다를 게 없다는 생각이 든다. 하지만 사실은 다르다. 나는 이걸로 생계를 꾸리는 게 아니지 않은가.

어느 순간 '팟!' 하는 소리를 내며 콩들이 터지기 시작한다. 희망이 보인다. 나는 계속해서 흔들고 흔들고 흔든다. 이제 콩들은 짙은 갈색을 띠기 시작하고 적당한 색이 되었을 때(나는 새까만 원두보다는 옅은 밤색이 나는 원두를 좋아한다. 쓴맛보다 신맛을 더 좋아하기 때문이다) 불을 끈다. 볶은 콩을 자루의 구멍을 통해 빼내 체나 망 위에서 빠르게 식힌다. 그 중에서 탄 콩이나 벌레 먹은 콩을 골라낸다.

물을 끓이고 콩을 갈고 드리퍼 위에 커피가루를 담는다. 그리고 그 위로 물을 조금 붓는다. 천천히. 원을 그리면서. 방금 볶은 커피콩의 가스 때문에 커피가루가 봉긋하게 부풀고 내 마음도 함께 부푼다. 잠시 뜸이 들기를 기다렸다가 다시 물을 붓는다. 주둥이가 길고 좁은 주전자로 원을 그리며 천천히 천천히, 하지만 경쾌하게 붓는다. 나는 시험을 치르는 것도 아니고 이걸로 생계를 꾸리는 것도 아니니까. 그저 나를 위한 커피 한 잔을 만드는 것뿐이니까.

처음에 비해 커피의 맛은 점점 나아지고 있다. 태우지 않는 요령이 생겼기 때문이다. 집에서 볶아도 그럭저럭 마실 만한 커피를 만들 수 있게 되니 기분이 좋다. 아무도 모르는, 아무도 몰라줘도 상관없는 자신감이 솟는다.

내가 커피를 볶고 갈고 내리는 데는 족히 30분이 넘는 시간이 소요된다. 30분이라니. 일 분 일 초가 아까운 세상에, 역시 나가서 사오는 게 낫지 않을까.

누군가는 자본주의의 핵심이 '시간'이라고 했다. 지금 갖고 싶은 물건은 당장 가져야 한다. 신용카드를 긁건 빚을 지

건. 자본주의의 시간에 길들여진 사람들은 기다림을, 느리게 흐르는 시간을 견디지 못한다. 학원에 다니면 바로 성적이 올라야 한다. 다이어트를 시작하면 바로 살이 빠져야 한다. 연인은 메시지에 즉시 답을 해야 한다. 상대에게 바친 나의 마음은 바로 보답을 받아야 한다.

그런데 내가 살아가면서 배운 일은 오직 기다림에 관한 것이다. 예전에는 기다려야 한다는 것을 잘 몰랐고 알고 싶지도 않았다. 원하는 것은 빠르게 손 안에 들어와야 했다. 되고 싶은 것은 빨리 되어야 했다. 하지만 모든 일에는 시간이 필요하다. 어떤 일을 할 때는 열정과 재능 외에도 시간의 힘을 믿는 배짱이 필요한 법이다. 하루아침에 쓸 수 있는 책도, 하루아침에 만들 수 있는 영화도, 하루아침에 짓는 건물도, 하루아침에 성공하는 가게도, 하루아침에 익힐 수 있는 기술도 없다. 몇 번은 운이 좋아 빠르게 이룰 수도 있겠지. 하지만 운이 다했을 때는 결국 시간이 이긴다.

시간을 내 편으로 만들지 못한다면, 시간과 사이좋게 지내는 법을 배우지 못한다면 그 삶은 불행해진다는 걸 잘 알기에 나는 의도적으로 내 시간을 늘리려고 노력한다. 그리고 그런 일들을 생활의 여기저기에 끼워 넣는다. 느리고 비효율적인 일들을. 천천히 산책하기. 천천히 달리기. 커피를 볶기. 빵을 굽기. 식물을 기르기. 차를 마시기. 수건을 삶기. 텃밭에 농사를 짓기. 책을 읽기. 지하철을 타기. 적금을 붓기. 1년에 한 번 교토로 여행을 가기.

아저씨의 커피 가게를 나와서 엄마와 나는 다시 경쾌하게 걸었다. 새로운 일을 해보고 난 다음에는 늘 그런 느낌이 든다. 원래의 나보다 조금 더 나은 내가 된 느낌. 성공하건 실패하건 비슷한 느낌이 든다.

하지만 결국은 실패했을 때 더 나아지는 게 아닐까. 사람이 성장하는 것은 무수한 실패의 계단을 밟아 올라가는 일을 통해, 가끔 성공이라는 뜻하지 않은 선물을 받으면서가 아닐까.

나와 교토에 다녀온 다음 해에 엄마는 아빠와 함께 다시 한 번 교토에 갔다. 늘 아빠의 뒤를 따라다니던 엄마는 이번에는 씩씩하게 앞장서서 자신이 다녀온 곳들을 아빠에게 소개했다. 엄마는 아빠에게도 보여주고 싶었던 것이다. 교토가 어떤 도시인지를.

그리고 엄마는 아저씨가 홀로 커피를 내리는, 그 길고 좁은 커피 가게에도 아빠를 데리고 갔다. 아저씨는 여전히 바 뒤쪽에 서서 열심히 커피를 내리고 있더라고 했다. 엄마는 전 해에 가게에서 찍은 사진을 아저씨에게 보여주었다. 아 저씨는 씨익 웃더니 또 커피를 내렸다고 했다. 휙휙휙. 호쾌하게.

내 친구의
방

　　　　　　　내 친구가 거기, 오사카에 있었다. 친구는
나이 서른에 마지막 도전장을 내민 것이다.

　친구의 고향 집은 인천의 끝, 동인천에 있었다. 나는 친구
의 집으로 가는 1호선 전철을 탈 때마다 귀에 이어폰을 꽂고
영화 〈고양이를 부탁해〉의 사운드트랙을 듣곤 했다. 동인천
이 배경인, 다섯 여자친구들의 이야기를 그린 영화였다.
　인천이라는 도시는, 특히 동인천은 특이한 지역이다. 나

같은 시골 출신에게 인천은 서울의 바로 옆에 붙은, 거의 서울이나 다름없는 곳이지만 당장 1호선 인천행 전철만 타 보아도 무언가 다른 느낌을 받게 된다.

인천은 지방색이 강한 도시이고 만일 그런 도시가 서울에서 좀 떨어져 있었더라면 지금과는 다른 느낌이었겠지만, 어쨌거나 서울에 바짝 붙어 있기 때문에 자존심 센 왕년의 부잣집처럼 조용히 침몰해가는 분위기가 있다. 그리고 그 분위기가 도시의 독특한 정서를 만들어낸다.

어쩌면 나 같은 시골 사람보다 오히려 인천 출신이 느끼는 서울에 대한 콤플렉스가 더 클지도 모른다. 우리야 뭐 서울 사람들을 TV에서나 보았지만, 인천 아이들은 전철만 타도 서울에 닿을 수 있으니까. 〈고양이를 부탁해〉 속의 여자아이들 중 증권사에 다니는 혜주라는 아이가 그런 아이였을 것이다. 이 지긋지긋한 동네를 빨리 뜨고 싶은, 서울에 닿고 싶은 아이. 그러나 그 영화에는 태희라는 아이도 있었다. 변두리 태생이라는 한계가 독특한 개성이 된, 동쪽으로 전철을 타고 서울로 가는 대신 서쪽으로 배를 타고 바다를 건너 더 넓은 세상으로 떠나는 아이가.

대학 시절 나와 동인천 친구는 굳이 인하대 앞까지 가서 안주가 무지막지하게 싼 술집에서 술을 진탕 마셨다. 그러고 난 다음에는 밤길을 걸어 달동네 초입에 있는 친구의 집에 고양이처럼 살금살금 기어 들어가 잠을 자곤 했다. 달이 보이도록 작은 창문을 뚫은 친구의 방에는 오래된 업라이트 피아노 한 대가 놓여 있었고, 그건 꼭 친구가 숨긴 자부심 같았다. 어두운 건넛방에서 잠에서 깬 어머니의 목소리가 들렸다. "이제 오니?" 한밤중에는 늦게 돌아온 그 애의 오빠가 불쑥 문을 열어 동생이 있는지 확인하기도 했다. 오후가 다 되어 일어나 밖으로 나가면 부엌에서 할머니나 할아버지가 천천히 식사를 하고 계셨다. 고향을 떠나 혼자 사는 삶에 지쳐 있던 나는 친구의 집에서 느껴지는 그 안정감이 좋았다.

대학을 졸업하고 나는 운전면허학원의 새벽반을 마치자마자 1호선 전철을 타고 친구의 집으로 달려갔다. 그리고 함께 시나리오를 쓰자며 자고 있는 친구를 깨웠다. 우리의 시나리오는 여러 가지 이유 — 게으름, 의견 차이, 야심과 포부와 끈기와 집중력의 부족 때문에 결국 완성되지 못했다. 그러거나 말거나 별 상관이 없었다. 아무도 우리의 시나리오를 기다리지 않았고 우린 그저 하고 싶은 일을 한 것일 뿐이었다. 누구를 원망하거나 실망할 필요도 없었다. 그 시나리오를 쓰면서 우리는 손바닥 위에 세계를 놓고 마음껏 주물렀고 그 즐거움에 취해 내내 낄낄거렸다.

자취생으로 당장 다음 달 월세와 생활비의 압박이 문 앞의 빚쟁이처럼 현실적이던 나는 대학을 졸업한 후 필사적으로 노력해 취직을 했다. 내가 망나니 같던 과거를 지우고 평범한 직장인으로 살아가는 동안, 부모님의 집에서 당장 입에 풀칠 못할 걱정은 없이 살던 친구는 영화 제작 현장의 스태프로 일하다가, 시나리오를 쓰다가, 마트에서 일하다가, 학원에서 아이들을 가르치다가 했다.

언젠가 나는 친구를 직장 근처로 불러 비싼 밥과 커피를 사주었다. 친구는 내게 말했다. "이렇게 많이 쓸 필요는 없는데." 나는 말했다. "이 정도는 써도 돼. 그만큼 일하니까." 그리고 나는 신이라도 들린 듯 이런 말도 했을 것이다. "나는 내 10년 후의 미래가 훤히 보여." 아마도 권태로운 표정으로. 친구는 깜짝 놀라며 이렇게 되물었을 것이다. "그래?"

지금은 내가 그때 그런 말을 했던 나 자신에게 친구의 표

정으로 묻고 싶다. "그래?"

　친구는 만 서른 살이 되기 직전에, 올해가 마지막이라며 일본 워킹 홀리데이 비자를 신청했다. 친구는 곧 일본으로 떠났고 처음에는 도쿄에서 지내다가 얼마 후 오사카로 거처를 옮겼다고 했다. 1년 정도 지난 후에 나는 친구도 만나고 여행도 하러 오사카로 날아갔다. 공항으로 마중 나온 친구는 아르바이트를 하느라 조금 늦게 도착했는데, 개찰구 너머의 그 애를 보는 순간 눈물이 날 뻔했다. 살이 빠지고 안색이 좋지 않은 친구의 얼굴은 지금껏 처음 보는 얼굴이었다.

　나는 친구의 어머니가 싸주신 이런 저런 반찬과 식재료들을 가방 가득 짊어지고 있었기 때문에 일단 친구의 방에 짐을 놓아두고 저녁을 먹으러 밖으로 나오기로 했다. 친구의 방은 오사카의 쓰루하시라는 한국인 밀집지역에 있었다. 역 주변으로는 한국 식당이 몰려 있었는데 일본인들이 생각하는 한국을 재현한 세트장 같았다. 불고기 냄새가 코를 찔렀다.

　역에서 멀지 않은 친구의 방은 여행자로 왔더라면 호기심과 무심함이 반쯤 뒤섞인 채 스쳐 지났을, 깨끗하게 낡은 맨

선에 있었다. 주방 겸 거실 하나와 방 하나로 나뉜 구조에 미
닫이문이 달린 벽장도 있었고, 괜찮은 크기의 베란다와 지독
한 크기의 욕실도 딸려 있었다. 나는 그 방이 마음에 들었지
만 친구는 방에 영 마음을 주지 못한 듯 제대로 된 가구 하
나 없었다. 바깥의 소음과 찬바람이 그대로 뚫고 들어올 정
도로 얇고 부실한 창에는 전에 살던 사람이 걸어둔 촌스러
운 커튼이 반쯤 떨어진 채로 겨우 매달려 있었다.

우리는 방을 나와 전철을 타고 오사카의 유명한 유흥가인
도톤보리로 갔다. 북적북적한 진짜 일본식 주점에서 술을 마
시고 싶었기 때문이다. 거리에 서있던 한 남자가 친절한 얼
굴로 말을 걸었다. 친구가 남자의 말을 통역해 주었다. "3층
에 있고, 괜찮은 집이래. 와서 보고 마음에 안 들면 그냥 가
도 된대."

나는 원래 호객꾼을 따라가는 타입이 아닌데 친구는 반대
였다. "한번 들어가 보자." 친구는 그렇게 말한다. 늘. 한번 해
보자. 한번 먹어보자. 한번 가보자.

우리는 남자를 따라 작은 건물의 비좁은 엘리베이터에 올
라탔다. 남자는 우리에게 친근한 미소를 지어 보였다. 막상

3층으로 올라가니 그곳은 우리가 기대한 일본식 주점이 아니라 웨스턴 스타일의 바였다. 친구가 물었다. "어쩔래?" "여긴 아닌 것 같아." 친구가 미안해하며 그냥 가야겠다고 말하자 남자의 표정이 쾅하고 닫힌 문처럼 순식간에 차가워졌다. 남자는 우리에게 엘리베이터를 타고 내려가라고, 자기는 계단으로 가겠다고 무뚝뚝하게 말했다. 내려가면서 무언가 빈정대는 투의 말도 한 마디 했다.

결국 우리는 그날 밤 도톤보리에서 별로 특별할 것도 없는 오코노미야키를 먹고 친구의 동네로 돌아왔다. 그리고 서민적인 분위기이지만 가격은 눈이 튀어나올 정도로 비싼 선술집에서 술을 마셨다.

친구는 처음 일본에 도착했을 때 직업을 구하기 위해 외국인의 취업 알선을 담당하는 관공서에 갔다고 했다. 창구 너머의 공무원과 한동안 이야기를 나눈 후에 그가 했던 말을 친구는 들려주었다.

"그 사람이 그렇게 말하더라고. 다른 사람과 이야기할 때는 눈을 똑바로 쳐다봐야 한다고."

친구는 착잡한 표정을 지었고, 나이 서른에 그런 말을 들었을 친구의 심정을 떠올리니 나도 덩달아 착잡해졌다.

　다음날 친구는 매니저에게 미리 이야기해 두었으니 아르
바이트를 하루 쉬어도 된다고 했다. 우리는 교토에 가기로
했다. 오사카에서 교토까지는 전철로 40여 분 정도 거리. 서
울에서 인천까지 가는 거리나 비슷했다. 오사카에 온 지 한
참인 친구도 일하느라 바빠 교토는 처음이라고 했다. 평일
오전인데도 교토 행 전철 안에는 사람들이 많았다. 새하얀
머리의 할머니들에게 자리를 양보했더니 극구 사양해서 조
금 놀랐다. 실은 그쪽이 더 놀란 것 같기도 했다.
　교토의 가와라마치 역에 내려 지상으로 올라오니 오사카
와는 다른 풍경이었다. 교토는 현대적이면서도 고전적이었
다. 폭이 좁은 도로 양 옆으로 높지 않은 건물들이 빈 틈 없
이 들어차 있었다. 주요 관광지 주변의 건물들은 대개 기와
로 장식되어 있었는데 전반적으로 북적이고 활기찬 분위기
였다. 사람들은 기모노를 입은 게이샤를 만나려는 듯 기온의
단정한 골목을 기웃거리거나 도시를 관통해 흐르는 가모 강
변에 앉아 완벽한 날씨를 즐기고 있었다. 한국에서 옛것들은

대개 박제된 채로 보존되어 있거나 버려져 있지만 교토는 달랐다. 이 도시는 그 옛날의 부와 명예와 활기를 용케도 유지한 채였다. 어떻게 그런 일들이 가능할까. 교토의 고풍스러운 건물들에 동인천의 버려진 건물들이 겹쳐졌다. 모두 비슷한 시기에 지어진 건물들일 것이다.

교토에서 친구는 청수사에 가고 싶어 했고 나는 철학의 길이나 걷고 싶었다. 나는 제안했다. "그럼 우리 찢어지자. 너는 청수사에 가고 나는 철학의 길에 갔다가 오후에 여기 가모 강에서 다시 만나면 어때?" 친구는 조금 당황하는 것 같았다. 하지만 우리는 10년 된 친구들이다. "그래, 그러자."

나는 혼자 버스를 타고 철학의 길을 찾아갔다. 철학의 길은 오래 전 이 도시에 살던 철학자가 산책을 하던 길로, 대단한 관광명소를 기대했다가는 실망만 하게 될지도 모르겠다. 하지만 산책을 좋아하는 사람들에게는 더할 나위 없는 장소다. 산책길 내내 이어지는 폭이 좁은 수로는 교토의 수로들이 대개 그렇듯 돌을 쌓아 만들었다. 수로라고 해봤자 시냇물 정도의 깊이다. 수로의 양 옆으로는 나무들이 우거져 있고 산책길을 따라 잘 지은 주택들이 늘어서 있다. 평범하고

조용한 주택가다.

철학의 길을 걸으면서 나는 제각기 다른 모습을 한 집들을 구경하거나 깨끗한 골목들을 탐험했다. 작은 상점에 들어가 전통 천으로 만든 귀여운 무늬의 작은 지갑 따위를 사기도 했다. 조금 비쌌지만 나는 여기에 돈을 쓰러 온 것이니 상관없었다. 혼자여도 조금도 외롭거나 심심하다는 생각이 들지 않았다.

나는 혼자인 것에 익숙하다. 타인과 함께 하는 일에는 별 재능이 없다. 쇼핑도 혼자 하는 것이 편하고 밥도 혼자 잘 먹는다. 산책을 할 때도, 운동을 할 때도 혼자가 편하다. 다른 사람과 걷는 속도를 맞추고, 그의 기분을 살피고, 별로 하고 싶지 않은 일도 하고 난 후에는 며칠 동안 누구와 말도 섞고 싶지 않을 정도로 피곤하다. 가족을 만들어 그들과 하루 종일 붙어 있는 것도 솔직히 말해서 내게는 그리 쉽지 않다. 태생적으로 외톨이 인생이다.

혼자인 시간을 실컷 즐긴 후 나는 다시 버스를 타고 가모강으로 돌아왔다. 길모퉁이에서 친구가 반갑게 손을 흔들었다. 우리는 떡꼬치집에서 간장 양념을 바른 떡꼬치를, 편의점에서 유부초밥 도시락과 맥주를 사서는 가모 강변으로 내려갔다. 그리고 나란히 앉아 맥주를 마셨다. 날씨는 따뜻했고 유부초밥과 떡꼬치는 조금 달기는 했지만 간식으로 먹기에 적당했다. 기분이 좋았다.

밤에 오사카에 있는 친구의 방으로 돌아와 우리는 바닥에 대충 맥주와 안주를 펼쳐놓았다. 친구의 방에는 식탁뿐만 아니라 이제 피아노도 없었는데, 그래서 그런지 인천에 있는 방보다 어른스러워진 느낌이었다. 그리고 어른스러워진다는 건 더 이상 돌아갈 수 없다는 것을, 계속해서 앞으로 나아가야 한다는 것을 받아들인다는 뜻이었다.

얼마 안 있어 친구가 일하는 가게의 사장에게서 전화가 왔다. 전화를 받자마자 친구의 표정은 심각해졌다. 그 애는 별말 없이 "네" "네" 라는 말만 반복했다.

통화가 길어질 것 같아 나는 맥주 캔을 들고 베란다로 나갔다. 섀시가 되어 있지 않은 베란다 한쪽 구석에 세탁기 한 대가 놓여 있었다. 겨울에도 한국보다 기온이 높아서 집 밖에 세탁기를 놓아도 괜찮은 것이다. 아래로는 패인 데 하나 없이 말끔한 2차선 도로가 보였고 건너편 맨션은 도로를 사이에 두고 손에 닿을 듯 가까웠다. 대부분의 집에는 커튼이 쳐 있었지만 간혹 안이 조금 들여다보이는 집도 있었다. 나는 낯선 사람들의 집을 훔쳐보며 담배를 한 대 피웠다. 거실의 책상에 앉아 컴퓨터를 만지고 있는 남자가 보였다. 또 다른 남자가 벽 없이 외부로 뚫린 계단을 오르고 있었다. 남자의 얼굴은 무표정했고 나는 그들의 무심함에 가슴이 설렜다. 이곳에서 내가 원한 것은 특별함이 아니라 평범함이었으니까. 그들이 평범할수록 나는 내가 아닌 다른 사람이 되어가는 것만 같았다.

한참 후에 방으로 돌아왔다. 통화를 마친 친구의 얼굴은 우울해 보였다. 오늘 나와 교토에 가느라 결근한 것에 대해 사장이 일장연설을 했다고 한다. 거기에서 그치지 않고 끝내 사장은 내가 너를 얼마나 믿는데 이럴 수가 있느냐며 한탄까지 했다고 한다. 친구는 사장의 한탄을 한동안 들어주어야 했다. 그 이야기를 하며 친구는 조금 울었다. 친구는 엉엉 울기보다는 조용히 눈물을 훔치는 타입이다.

"사장은 늘 그래. 정당하게 일을 하고 보수를 받아가는 직원들한테도 '걔들이 내 돈을 얼마나 가져가는데……' 라고 말해."

친구는 어딜 가나 협조적이고 열심이지만, 모든 것을 보고 있다. 다만 그 애는 다 말하지 않을 뿐이다. 그 애의 시각은 늘 공정하다. 어떤 상황에서든, 누구에게든, 심지어 자신에게도. 자신에게 공정한 사람이 된다는 건 때로는 무척 가혹한 일이다.

다음날 아침 친구는 집을 나서면서 끓인 지 며칠은 된 것 같은 국을 냉장고에서 꺼내어 싱크대에 선 채로 밥을 말아 먹었다. 나도 종종 그렇게 하니까 그게 별로 이상한 일은 아니었지만, 여행자로 이곳에 있는 내가 그런 친구의 뒷모습을 보는 마음은 조금 쓸쓸했던 것 같다.

다음해에 나는 남편과 함께 다시 오사카에 가서 친구를 만났는데, 친구의 얼굴은 몰라볼 정도로 밝아져 있었다. "무슨 일이 있었어?" 그동안 친구는 몸이 너무 나빠져 우울증이 올 지경이었다고 했다. 이대로 한국으로 돌아가야 하나 심각하게 고민도 했다. 하지만 친구는 짐을 싸는 대신 병원에서 약

처방을 받았고 신선한 채소를 많이 먹기 시작했고 매일 아침 하나에 500원 하는 마스크팩도 얼굴에 붙인다고 했다.

친구는 전에는 몰랐던 동네의 숨은 맛집들도 소개해 주었다. 우리는 가이드북에도, 인터넷에도 나오지 않는 맛있는 오코노미야키 가게와 안주값이 저렴한 술집에서 신나게 먹고 마셨다. 이번에도 교토에 갔지만 친구와는 함께 가지 않았다. 나는 친구에게 말했다.

"우리는 우리가 알아서 다닐 테니까 신경 안 써도 돼."

친구의 표정은 잠깐 내가 교토에서 "너는 청수사로, 나는 철학의 길로"라고 말했을 때의 그것으로 변했다. 하지만 친구는 곧 고개를 끄덕였다.

그로부터 10년이 지났다. 10년쯤 지났으면 10년 전에 뿌린 씨앗이 어떤 싹으로 자랐을지, 과연 발아는 했을지, 어쩌면 꽃이 피거나, 나무가 되어 장차 숲이라도 이룰 싹수가 보이는지, 아니면 싹조차 피우지 못하고 죽어버렸을지 알아보기에 충분한 시간이다.

친구는 3년 만에 일본생활을 접고 한국으로 돌아왔다. 그

리고 30대 내내 이런저런 불운 속에서 방황과 고군분투를
거듭하다가 40대가 된 지금은 아이들을 가르치는 일을 하며
생계를 꾸린다. 지금 친구의 삶이 그 애가 늘 꿈꾸던 것이었
는지는 알지 못한다. 나? 나는 10년 후는커녕 1년 후도 어떻
게 될지 모르는 신세가 되어버렸다.

　친구는 종종 말한다. "나 같은 사람이 그때 그 고생을 해보
지 않았더라면 지금은 아무것도 하지 못했을 거야." 투자해
도 종종 아무것도 얻지 못하거나 때로는 손해마저 보기 십
상인 이 인생에서 우리는 쓰라린 경험에도 의미가 있다고
믿는 친구들이다. 어쨌든 친구는 인생의 3년을 원하는 곳에
서 보냈다. 환상이 환상으로만 남지 않도록 용기를 내었다.
그리고 그 용기가 불러온 모든 결과들을, 외로움과 비참함까
지도 감내했다. 이제 친구는 스스로에게 떳떳하다. 그걸로도
충분하다.

　누군가를 사귈 때, 그와 오래도록 관계를 유지할 때, 가
장 중요한 것은 우리 둘 사이에 운명의 힘이 작용하는가, 그
렇지 않은가 라고 생각해왔다. 노력한다고 안 될 일이 다 되

는 건 아니다. 특히 사람과 사람 사이의 관계라는 것은. 하지만 사실은 그렇지 않은 건지도 몰랐다. 내가 모르는 사이에 선한 마음들이 헐거운 관계에 거미줄처럼 잘 보이지 않지만 단단하고 촘촘한 그물을 짜준 것인지도 몰랐다.

처음 대학에 입학했을 때, 아마 3월이었을 것이다. 날이 따뜻했고 우리는 촌스러운 단발머리를 하고 있었고 화장도 제대로 할 줄 몰랐다. 이상한 옷을 입고 있었을 것이고 대학이라는 곳은 우리에게 낯선 장소였을 것이다. 학교에 있다가 무서운 선배들을 마주칠까 긴장하기도 했을 것이고 왠지 대단해 보이는 동기들과 함께 있는 것도 불편한 일이었을 것이다. 무엇보다 초라한 나 자신을 들키고 싶지 않았을 것이다.

수업이 끝나자마자 급하게 학교를 떠나려는 나에게 친구가 물었다.

"끝나고 뭐 할 거야?"

나는 이태원에 갈 거라고 답했다.

"거기 가면 재미있는 옷가게들이 많거든."

그러자 친구가 선뜻 말했다.

"그래? 그럼 같이 가자."

그때의 내 표정은 내게서 "너는 청수사로, 나는 철학의 길로"라는 말을 들었을 때의 친구의 표정과 꼭 같았을 것이다.

친구는 보통 여자친구들과 함께 다닐 때 손을 잡거나 팔짱을 낀다. 함께 전철이나 버스를 타면 어깨에 기대기도 한다. 나는 그런 것을 잘 못 견딘다. 누군가와 오랫동안 좋은 관계를 유지하기 위해서 가장 중요한 일은, 그가 나와는 다른 사람인 것에 실망하지도 분개하지도 않는 것이다. 나는 자주 실망하고 분개한다. 그래서는 안 된다는 것을 잘 알고 있는데도 이런 내가 싫은데도 자꾸 그러게 된다.

하지만 친구는 다르다. 비참한 일도 씩씩하게 털어놓는다. 내가 이해되지 않는 행동들을 해도 그게 그냥 저 애려니, 하고 내버려둔다. 팔짱을 끼고 함께 걷는 것을 좋아하지만 내가 등을 돌려 제 갈 길만 가버려도 나를 놓지 않았다. 그때도, 그리고 지금까지도.

어떤
이야기

그해에 나는 엄마와 함께 교토에 갔다. 여러 가지로 무리해서 간 여행이었다. 문득 엄마와 함께 여행할 수 있는 날도 얼마 남지 않았다는 생각이 들었기 때문이다. 결혼하기 전 내가 스물여섯 살이던 해에, 엄마가 건강하던 때에, 우리는 함께 태국을 여행한 적이 있다. 나는 엄마를 미워하는 사춘기에서 여전히 벗어나지 못했고 어느 밤 엄마는 그런 나 때문에 울음을 터뜨렸다.

이제 나는 서른아홉 살이고 결혼도 했고 아이도 둘이다.

이번에도 엄마를 미워할까? 엄마는 나 때문에 울까? 다행히 이번 여행에서 우리는 애증의 모녀 사이가 아닌, 두 명의 아주머니가 되어 교토를 누볐다. 우리는 매일 매일 교토의 골목들을 산책했다. 맛있는 음식들을 먹고 커피를 마셨다. 맥주도 마시고 사케도 마셨다. 그러면서 우리는 이런 저런 이야기를 끊이지 않고 했다. 교토라는 도시에는 이야기를 끌어내는 재능이라도 있는 것 같았다.

우리는 아빠에 대해서 이야기했다. 엄마의 평생의 연구대상인 아빠는 멀리서 보면 재미도 있고 매력적이지만 가까이서 볼 때는 제발 그만 좀 했으면 싶은 사람이다. 그리고 또 무슨 이야기를 했을까? 우리는 보이는 건물들에 대해서, 거리에 대해서, 카페의 맛있는 커피와 빵에 대해서 이야기했다. 카페의 창 너머로 보이는 일하는 사람들에 대해서도 이야기했다. 그러고 나서 옛날 이야기도 실컷 했다. 우리가 사라지면 함께 사라져버릴 이야기들을.

오래 전 태국을 여행할 때 나를 가장 화나게 만들었던 것은 끊이지 않는 엄마의 품평이었다. 공항에서부터 엄마는 지나가는 사람들 ― 특히 여자들을 하나하나 평했다. 저 여자는 왜 저런 옷을 입었을까? 저 사람은 왜 저러고 다닐까? 정말 꼴값이다. 어머, 어머. 저 여자 정말 웃기지 않니? 엄마는 알지도 못하는 사람들에게 가혹했고 나는 그 각별한 관심 때문에 돌아버릴 것만 같았다. 나는 엄마에게 있는 대로 신경질을 냈다. "왜 그렇게 남들 욕을 하는 거야?" 엄마는 멋쩍게 대답했다. "나는 그냥 관심이 많은 거야." "그건 관심이 많은 게 아니야. 콤플렉스가 많은 거지." 나는 쏘아붙였다.

태국과 교토 사이의 우리에게는 많은 일이 있었다. 엄마는 암에 걸렸다. 일을 그만두고 수술을 받았고 다시 체력을 회복하는 데는 많은 노력과 시간이 필요했다. 엄마가 돌봐야만 했던 외할머니가 결국 돌아가셨다. 외할머니는 내가 초등학교에 다닐 때부터 "죽어야지"라거나 "너 시집가는 건 보고 죽어야 하는데"라는 말을 반복했지만 증손녀가 초등학교에 들어갈 때까지도 살아 계셨다.

살아 있는 내내 죽어야 한다고 생각했던 외할머니의 인생은 불행했고 그 불행함은 딸인 엄마에게는 엄청난 부담이었을 것이다. 아무튼 외할머니는 딸의 손을 꼭 잡고 돌아가셨다. 요즘도 엄마는 말한다. "아직도 어딘가에 할머니가 살아 있는 것만 같아." 살아 있는 사람들에게 죽음이라는 건 그런 일인지도 모른다. 죽은 이는 그저 사라져버리는 것이다. 영원히 찾을 수 없는 곳으로.

아빠는 평생 일하던 직장에서 정년퇴직을 했다. 부모님의 생활은 전에 없이 한가하고 풍요로워졌다. 너른 집과 두둑한 연금과 의무감 없는 스케줄. 그러나 생각해 보면 그들은 60년 가까이 부와는 관계없이 살아오다가 60살이 되어서야 가난의 불안에서 놓여나게 되었다.

나는 그 사이에 결혼을 했고 아이를 둘 낳았다. 회사를 다니다 그만 두었고 집에서 아이들을 키웠다. 남편은 실직을 했다가 재취업을 하기를 반복했다. 결국 우리는 결혼 초기의 우리로서는 상상도 못했던 삶을 살게 되었다. 나도 60살이 되면 부모님처럼 여유로워질까? 지금은 가늠조차 할 수 없다.

엄마와 함께한 교토 여행의 하이라이트는 아마도 철학의 길에서 난젠지를 거쳐 게아게 역을 지나 산조 거리까지 걷

던 길이었을 것이다. 난젠지는 생각보다 근사한 곳이었고 거리는 무척 아름다웠다. 엄마는 "여기는 꼭 파리 같아"라고, 20년도 더 전에 아빠를 따라 가본 적 있는 파리를 떠올렸다. 걷다가 엄마는 "저 식당에 가보자" "저 커피집에 가보자" "저 사람에게 말을 시켜보자"고 했다. 엄마는 십대나 이십대로 돌아간 것 같았다. 어느 식당에 가건 어느 카페에 가건 엄마는 너무 좋아했다. 이 모든 일이 엄마에게는 모험인 것 같았다. 나도 덩달아 신이 났다. 자주 아파서 누워 있어야 하는 엄마는 여행 내내 컨디션도 좋았고, 뭐든 너무 잘 먹어서 내가 다 불안해질 지경이었다.

예전의 엄마는 늘 자신이 부족하거나 이상한 사람일지도 모른다는 불안감으로 가득 차 있었다. 그리고 남들과 비슷해지는 것으로 무리의 일원이 되려는, 더 강한 사람에게 의존하려는 성향에서 자유롭지 못했다. 하지만 교토에서 엄마는 더 이상 남들을 품평하지 않았다. 엄마의 표정은 한결 여유로워졌고 어깨의 힘은 빠졌다. 남을 원망하거나 자신이 틀렸을까 전전긍긍하는 일도 줄었다. 왜냐하면 이제 엄마에게는 여유가 생겼기 때문이다. 엄마는 더 이상 돈 걱정을 하지 않아도 된다. 홀로 남은 노모를 부양할 필요도, 자식들을 책임질 필요도 없다.

타인에 대해 너무 많이 이야기하고 관심의 초점이 타인에 있는 사람은 대개 자존감이 약해 자신을 온전하게 받아들이지 못하는 경우가 많다. 그리고 어쩌면 그 모든 과정, 아이들을 키우고 일을 하고 할머니와 동생들의 일을 돌보고 병을 치료하면서 엄마의 자존감은 알게 모르게 자랐는지도 모른다. 그런 엄마를 보면서 나는 사람은 언제 어느 때고, 어떤 경험을 통해서건 성장할 수 있다는 걸 배운다.

전보다 조금은 느긋해진 우리 모녀는 이제 타인이 아닌 우리 자신에 대해서 더 많이 이야기한다. 어떤 사람으로 살아야 하는지, 어떤 사람이 되어야 할지, 어떻게 늙고 또 어떻게 죽어야 할지, 우리에게 중요한 것은 무엇인지. 그래서 나이든 내가 나이든 엄마와 이야기하는 일은 즐겁다.

여행의 막바지쯤이었을 것이다. 우리는 아마 이른 아침에 가와라마치 역 근처를 걷고 있었을 것이다. 바둑판 모양으로 구획된 산조 거리의 골목을 따라서 이노다 커피 본점을

찾아가 아침을 먹었을 것이다. 빵과 커피와 햄과 스크램블드에그와 산더미 같은 양배추 샐러드와 오렌지. 아침을 다 먹은 후 상기된 표정의 사람들이 빠른 걸음으로 출근을 하는, 바닥에는 물이 뿌려지고 가게의 뒷문으로는 달그락거리는 소리가 들리는, 빈 택시가 천천히 그 골목을 달리는, 하루가 시작되는 그 골목을 다시 걸어 나오는 동안 엄마는 이 이야기를 내게 해주었을 것이다. 내 고교 시절의 한 친구와 그 친구의 부모님에 관한 이야기였다.

그 친구는 우리 반의 반장이었다. 선생님들도, 학생들도 모두 반장을 좋아했다. 나와는 정반대의 여자애였다. 사랑받기 위해 태어난 사람. 반장은 늘 웃는 낯에 누구에게나 다정하고 친절했다. 반장이 화를 내는 모습은 본 적이 없었다. 공부도 잘하고 똑똑했지만 으스대는 일도 친구를 가려 사귀는 일도 없었다. 매일 거울 앞에서 앞머리를 말아대는 꼴찌 아이들과도 친했다.

반장에 비하면 나는 그다지 존재감이 없는 스타일이었다. 언제나 무표정했고 낯가림이 심해서 아무하고나 친해지지도 못했다. 나는 교실 맨 뒷자리에 홀로 앉아서 늘 친구들에게 둘러싸여 있는 그 애를 흘깃거리곤 했다. 학교라는 곳은 그런 식으로 자신의 한계를 체감하게 하는 장소였다.

교토에 와서야 알게 된 사실인데, 그 당시 엄마는 반장의 엄마와 친하게 지냈다고 했다. 30대 중반에 이미 고등학생 딸을 둔 젊은 엄마는 그 낯설고 억센 도시에서 반장의 엄마 같은 중년의 여성을 본 적이 처음이었다고 했다. 반장의 엄마는 다른 아주머니들과는 달랐다. 엄마의 표현을 빌자면, 드물게 순수하고 우아한 여자였다고 했다. 언젠가 한 번 엄마는 그 아주머니와 함께 목욕탕에 간 일이 있는데, 벗은 몸을 보고는 놀랐다고 했다. 엄마는 그 모습을 '아주 여자 같았다'고 표현했다(그게 어떤 의미인지 나는 상상할 수 있다). 엄마는 저 여자처럼 나이 들고 싶다는 마음을 남몰래 품었다.

그해의 어느 날부터인가 반장이 학교에 와서 우는 일이 잦아졌다. 급속도로 살이 빠졌다. 하지만 울 때도 반장은 혼자인 적이 없었다. 친구들이 늘 그 애를 둘러싸고 있었으니까. 나는 생각했다. 내가 울어도 내 곁에 누군가가 있을까. 반장이 왜 우는지에 대해서는 딱히 궁금해 하지 않았다. 한두 달이 지난 후, 다시 반장은 예전의 반장으로 돌아왔다. 누구에게나 친절하고 다정한 웃는 얼굴로.

교토에서 엄마는 20년 전에 반장의 집에서 일어난 일에 대해 이야기해주었다. 작은 도시에 안개처럼 퍼진 소문에 관해서. 반장의 엄마가 겪어야 했던 끔찍한 일에 관해서. 반장의 엄마가 어떻게 변했는지에 관해서.

그 떠들썩한 사건이 일어나고 몇 년 후에 유치원에서 일을 하던 엄마는 유치원 버스를 타고 가다가 신호대기로 정차했을 때, 옆 차선에서 반장의 엄마가 탄 차를 우연히 보게 되었다고 했다. 반장의 엄마는, 창 너머를 향해 있지만 사실 아무것도 보고 있지 않은 그 여자의 시선은 영혼이 빠져나간 껍데기 같았다고 했다. 완전히 다른 사람이 되어버린 얼굴. 엄마는 그 얼굴을 여전히 잊지 못한다고 했다.

내가 몰랐던 일들. 어른의 일들. 그런 것에 관해서 엄마는 이제 나에게 이야기해준다. 그럴 때 나는 '아아, 내가 어른이 되었구나' 하고 생각한다. 여전히 나에게는 그 시절 교실 한 구석에서 나의 한계에 쓰러려 하던 열일곱 열여덟의 내가 남아 있는데, 이제는 이런 일을 알아도 되는 나이가 되었구나.

　나는 기와를 단 건물들이 둘러싼 좁고 깨끗한 도로와 그 도로 위를 달리는 작은 차들과 녹색불이 켜 있는 시간이 유달리 긴 횡단보도를 건너는 낯선 사람들을 바라보면서, 젊은 엄마는 그 시절을 어떻게 버텼을까 생각한다. 우리가 어릴 때, 맡길 사람 하나 없을 때 낯선 도시에서 엄마는 어떻게 버텼을까. 나는 엄마가 속상해하고 화내고 울던 일들을 다 기억한다. 아픈 나를 데리고 병원에 가느라 옆집 아주머니한테 갓난아이인 내 동생을 맡겼는데 집에 돌아와 보니 내 동생 혼자 방에 누워 있었을 때. 심지어 그 애가 싼 똥이 기저귀를 비집고 나와 머리까지 다 묻어 있었을 때. 어느 날 함께 길을 걸어가다가 전봇대에 붙은 '전세 있음'이라고 쓰인 종이에서 우리 집 주소와 집주인의 전화번호를 발견했을 때. 엄마가 울면서 집주인에게 전화를 걸었을 때.

　나에게 엄마는 그저 엄마일 뿐이었지만, 너무 어린 나이에 엄마가 된 엄마는 어떤 여자가 되어야 할지도 정하지 못한 채로 나이 들었겠구나. 지금의 나보다 더 젊은 엄마가 반장의 엄마를 바라보며 느꼈을 감정을 생각하니 나는 신기하기도 했고 슬퍼지기도 했다. 나는 그 시절 나와 반장과 반장의 엄마와 우리 엄마의 사이에 엇갈린 선들을 긋는다. 그 선들은 운명이라는 이름 앞에서는 아무것도 아닌 것이 되어버렸다.

대학에 들어와 나는 홀로 서울생활을 시작했다. 과거의 나와는 다른 사람이 되고 싶었지만 과거의 나라는 건 얼굴 위의 커다란 반점처럼 숨길 수가 없었다. 아마 내가 다른 길을 찾아야 할지 고민하며 휴학을 했을 무렵이었을 것이다. 한 고등학교 동창에게서 전화가 왔다. 서울에 취직을 해서 올라왔는데 한번 만나자는 이야기였다. 그 자리에는 그 애와 친한 반장도 함께였다.

반장 역시 대학을 졸업하고 서울의 한 회사에 취직을 했다고 했다. 머리카락이 좀 길었을 뿐 반장은 그 시절과 꼭 같았다. 웃는 얼굴, 누구에게나 호감을 살 만한, 아픈 일들에 대해서는 말하지 않으려는, '있잖아, 우리 좋은 것들에 대해서만 이야기하자'는 얼굴. 나는 꼭 그때처럼 그 애 앞에서 무언가 잘못한 것 같은 기분이 들기도 했고 의기양양한 기분

이 들기도 했다.

　그날 우리가 무엇에 관해서 이야기했는지는 잘 기억이 나지 않는다. 반장은 많이 웃었는데, 그 애가 웃으면서 한 이야기 중 딱 하나가 생각난다.

　반장은 얼마 전 퇴근길에 굽이 높은 구두를 신고 지하철을 탔다고 했다. 그런데 승강장과 지하철 사이의 틈에 걸려 구두 한 짝이 벗겨졌다. 벗겨진 구두는 그대로 선로 위에 떨어지고 말았다. 무슨 수를 써보기도 전에 문은 그대로 닫히고 지하철은 그 애의 구두 한 짝을 남겨둔 채로 출발해버렸다. 사람들이 모두 그 애를 쳐다보았다. 구두를 한 짝만 신은 그 애는 너무 어이가 없어 웃어버렸다. 그 애는 내내 그렇게 기우뚱하게 서 있다가 내릴 역에 도착하자 남은 구두 한 짝을 벗어들고서 맨발로 지하철에서 내렸다. 그리고 승강장을 나와 개찰구를 지나서 거리를 걸어 집까지 갔다. 맨발로. 멈추지 않고서.

　그 이야기를 하면서 반장은 웃었다. 고등학교 때와 꼭 같은 얼굴로. 누구에게나 호감을 살 만한, 아픈 일들에 대해서는 말하지 않으려는, '있잖아, 우리 좋은 것들에 대해서

만 이야기하자' 는 그 얼굴로. 그리고서 그 애는 이렇게 말
했다.

"뭘 어쩌겠어. 별 수 없잖아."

여행한 장소에 대해
이야기하는 법

　　　　　까닭 없이 우울해질 때마다 보는 영화가 있
다. 전에도 소개한 적 있는 〈I Love Paris〉라는 옴니버스 영
화다. 프랑스 파리에 있는 16개의 '구'를 한 감독이 하나씩
맡아 그곳에 관한 3분 내외의 짧은 이야기를 만들어 붙인 것
이다.

　보고 또 봐도 이 영화가 좋은 이유는 내가 파리를 동경하
는 여자이기 때문이 아니라(실은 그런 여자이긴 하지만), 이 영
화는 영화를 사랑하는 사람들을 위한 종합선물세트나 마찬

가지이기 때문이다. 코언 형제, 알렉산더 페인, 거스 반 산트, 거린더 차다, 알폰소 쿠아론, 올리비에 아사야스 같은 좋은 감독들이 대거 포진해 있다. 각 감독의 개성이 담뿍 배어 있는 하나하나의 이야기들은 산뜻한 바람처럼 가볍다. 3분은 그런 시간이다. 어깨에 힘을 빼고 만들어도 좋을 시간. 스쳐 지나가는 짧은 인상만으로도 충분한 시간. 그러나 그 바람은 지나간 후에도 계속해서 따뜻하거나 시원하거나 부드럽거나 스산하거나 오싹한 감촉을 남긴다.

이 영화와 비슷한 컨셉으로 도쿄를 소재로 한 〈TOKYO!〉라는 영화도 있다. 레오 카락스, 미셸 공드리, 그리고 봉준호가 만든 세 개의 단편이 들어 있는데, 나는 봉준호의 영화를 좋아해서 여기에서도 봉준호의 단편이 가장 마음에 들었다. 히키코모리인 중년의 남자가 피자 배달부 소녀와 사랑에 빠진다는 환상적인 이야기다.

내가 만약 교토를 소재로 한 이야기를 만든다면, 어떤 이야기를 할 수 있을까.

나는 거의 매해 교토에 가지만, 이 도시에 대해서 아는 것은 별로 없다. 솔직히 말해 그렇다. 나는 고작해야 일 년에 사나흘을 머물다 가는 관광객에 불과하다. 그 정도로는 기껏해야 겉밖에는 핥을 수 없다는 것을 인정해야 한다.

내가 〈I Love Paris〉라는 영화에서 가장 좋아하는 에피소드도 코언 형제나 알렉산더 페인이나 알폰소 쿠아론의 단편들이다. 이 이야기들은 파리에 대해서 알지 못한다는 전제에서 시작해 그대로 끝난다. 다분히 냉소적인 이야기이지만 그 안에는 마음이 따뜻해지거나 슬퍼지는 것들이 숨어 있다. 코언 형제는 파리의 한 역에서 이상한 커플을 만나는 미국인 관광객을, 알렉산더 페인은 짧은 일정으로 파리 여행을 온 외로운 중년 아주머니를, 알폰소 쿠아론은 아침마다 자기 아이를 공동 탁아소에 맡기고 부잣집 아이를 돌보는 일을 하러 다니는 이민자 여성을 주인공으로 내세운다. 그들에게는 각자 자신만의 파리가 있고, 감독들은 그들의 눈과 마음을 통과한 도시 파리를 그린다. 나는 이 감독들의 냉소적인 정직함이 마음에 든다. 그리고 정직할 때 비로소 사람은 냉소적일 자격을 얻는 게 아닐까.

여행할 때 자주 길을 잃는 것처럼 여행기를 쓸 때에도 나는 늘 길을 잃는다. 어떤 장소에 대해 이야기한다는 것은 어려운 일이다. 나는 이런 식의 글쓰기에는 익숙하지 않다. 지금껏 내가 쓴 이야기는 모두 나의 이야기였다. 나는 내가 경험한 것과 내가 느낀 것이 아니고서는 세상 돌아가는 일을 잘 이해하지 못한다. 타고난 둔재다.

바로 그런 이유로 나는 가능한 한 내가 느낀 것을 처음부터 끝까지 정직하게 쓰려고 노력한다. 솔직한 것이 아니라 정직하게. 솔직한 것은 치마 속까지 들어 올려 모든 것을 다 보여주는 것이다. 나는 그 정도로 담이 좋지는 않다. 다 보여주지는 못하더라도 보여주는 것에 한해서는 거짓을 말하지 말자. 정직하자. 그렇게 다짐한다. 그런 면에서 나는 무척 진지하다.

아무튼 누구도 나에게 교토에 대한 이야기를 만들어 달라고 한 일이 없었지만, 나는 쓸데없는 공상을 좋아하니까 교토에 대해서 쓴다면 어떤 이야기를 쓸 수 있을지 잠시 생각해 봤다. 그러다 나는 한 여자에 대한 이야기를 생각했다. 소설이라기보다는 스케치에 가까운 이야기다.

*

얇은 벽

여기 한 여자가 있다. 그 여자는 교토의 벽이 얇은 맨션에 세 들어 산다. 여자는 고국의 모든 것을 버리고 이곳에 왔다. 처음에는 배를 탔다. 부산에서. 규슈의 하카다 항에 도착했지만 누구도 여자를 마중 나오지 않았다. 여자는 싸구려 슈트케이스를 끌고 부두를 빠져나와서 하카다 역 방향으로 걷기 시작했다. 부두 근처는 황량한 도로였고 지나는 차에 탄 사람들이 여자를 의심스러운, 또는 호기심 어린 시선으로 쳐다보았다. 여자는 그들과 눈을 마주치지 않았다.

여자는 주소밖에는 알지 못하는 한 한국식당을 찾아갔다. 주인은 숙식제공에 월 만오천 엔을 준다고 했다. 여자는 머릿속으로 계산을 해보았다. 대충 150만 원 정도 되는 돈이었다. 그 정도면 충분했다. 일을 시작한 지 3일째 되던 날 여자는 때려치우기로 결정했다. 하루 8시간씩 어두운 주방 구석에 쪼그리고 앉아 불판을 닦는 것은 여자가 받아들일 수 있는 일이 아니었다. 여자는 그 길로 슈트케이스를 끌고 버스 터미널로 가서 심야버스를 타고 오사카로 이동했다. 무슨 계획이 있는 건 아니었다. 오사카는 후쿠오카보다 큰 도시이니 받아들일 만한 일자리가 더 많을지도 모른다고 생각했을 뿐이다.

이른 아침 오사카에 도착한 여자는 슈트케이스를 끌고 무작정 한국 반찬가게 몇 군데를 찾아가 사람을 구하지 않느냐고 물었다. 일자리를 구할 때 여자는 웃지 않았다. 잘 보이려 애쓰지도 않았다. 여자는 단지 이 말만 했다. "저는 잘 지치지 않습니다."

운이 좋았는지 여자는 한 반찬가게에서 일자리를 구할 수 있었다. 이것저것 할 일이 많았다. 매일 아침 일찍 일어나 가게에 나오자마자 김치를 담글 배추를 다듬고 소금에 절였다. 그러고 나면 멸치를 손질했고 전을 부칠 채소를 씻고 썰었다. 나물도 무치고 국도 끓였다. 짬이 나면 호떡도 부쳤다.

하루 종일 반찬을 만들고 나면 녹초가 됐고 온몸에서 한국의 냄새가 났다. 여자는 주인이 알선해준 빛도 안 드는 비좁은 단칸방으로 돌아와 머리끝부터 발끝까지 비누칠을 해 박박 씻었다. 샤워기에서 뿜어져 나오는 물살 아래서 여자는 다짐했다. 절대로 돌아가지 않을 것이다. 바다만 건너면 돌아갈 수 있지만 절대로 돌아가지 않을 것이다.

그렇게 몇 년이 지나 어찌어찌 해서 여자는 취업비자를 얻었다. 남자가 얽히고 불법적인 거래가 있었던, 뭐 그런 지저분한 이야기였다. 특별히 기억하고 싶지도 않은 이야기. 중요한 것은 이제는 돌아가지 않아도 된다는 사실이었다.

반찬가게가 문을 닫은 저녁 시간이면 여자는 샤워를 하고 학원으로 달려가 미용기술을 배웠다. 1년 코스를 수료한 후 여자는 반찬가게를 그만 두고 오사카 시내의 한 미용실에 일자리를 구할 수 있었다. 여자는 말수는 적지만 자신의 말대로 잘 지치지 않고 늘 성실해서 한 선배 미용사의 눈에 들었다. 몇 개월 후 선배가 고향인 교토의 주택단지에 작은 미용실을 개업할 때 여자는 보조로 채용되었다.

선배가 적어준 주소를 들고 여자는 오사카에서 한 시간

남짓 전철을 탔다. 짐은 처음 이 나라에 도착했을 때처럼 싸구려 슈트케이스 하나였다. 사람들은 여자를 관광객이라고 생각할 것이다. 그러건 말건 아무 상관없었다. 전철 창밖으로는 시골 풍경이 펼쳐졌고 여자는 몸을 비스듬히 옆으로 돌려 창틀에 팔꿈치를 기대 턱을 괸 채 그 풍경을 바라보았다.

막상 도착한 교토는 경주와 비슷한 곳이 아닐까 했던 여자의 예상과는 달랐다. 교토는 으리으리했다. 오래 전의 수도였다는 사실이 무색할 정도로 모든 것이 크고 세련되고 화려했다. 어찌됐든 관광을 온 것이 아니므로 여자는 선배의 미용실에서 열심히 일했다. 일단 여자는 쓸 데 없는 말을 하지 않았고 선배는 무엇보다 그 점을 마음에 들어 했다. 선배도 여자의 미심쩍은 과거에 대해서 묻지 않았다. 여자도 거기에 대해서는 입도 벙긋하지 않았다.

여자는 선배 미용사의 보조로 머리 감기기부터 드라이, 퍼머나 염색, 청소, 빨래 등 닥치는 대로 일했다. 여자는 특히 머리 감기는 솜씨가 뛰어났다. 샴푸를 하는 동안 여자는 손님의 뒷목부터 귀와 이마, 정수리까지 꼼꼼히 마사지를 해주었고 부유한 중년 부인들은 여자의 마사지를 무척 마음에 들어 했다. 누구에게나 타고난 재능이 있다면 여자의 재능은 마사지였다. 어디를 만지면 시원할지 여자는 잘 알고 있었다. 꼭 필요한 곳에만 힘을 쓰는 법도 알았다. 어떤 부인은 여자에게서 마사지를 받고 나면 편두통이 사라진다며 매일 아침 미용실로 찾아와 머리를 감고 가기까지 했다.

흔들리던 추가 서서히 멈추는 것처럼 여자의 생활은 조금씩 안정되어갔다. 미용실에서 그리 멀지 않은 동네에 월세방도 구했다. 벽이 얇아서 방음은 잘되지 않지만 혼자 살기에 적당한 방이었다. 아침에 일어나면 여자는 수돗물을 틀어 차가운 물을 한 잔 마셨다. 그리고 차가운 물로 샤워를 했다. 아침엔 차가운 물, 저녁엔 뜨거운 물. 그것이 여자가 정한 규칙이었다. 그리고 인생에는 규칙이 필요했다.

여자는 아침으로 구운 식빵을 우유와 함께 먹었다. 방에는 식탁이 없어 선 채로 먹어야 했다. 여자는 빵을 우물거리면서 싱크대 위쪽에 난 작은 창문 너머의 도시를 내려다보았다. 직선을 이루는 스카이라인과 타인의 신경을 건드리지 않으려는 듯 중성적인 톤으로 칠해진 건물들과 반듯한 도로와 그 도로 위를 걷거나 자전거를 타고 달리는 얌전한 사람들을 보았다. 여자에게는 이 모든 것들이 낯익으면서도 거짓말 같았다.

아침을 다 먹고 나면 여자도 자전거를 타고 그들처럼 출근을 했다. 미장원으로 가서 문을 열고 바닥을 쓸고 손님을 맞을 준비를 했다. 하루 종일 십여 명의 머리를 감기고 마사지를 해주고 드라이를 해주고 커트도, 염색도, 퍼머도 해주었다. 그들의 이야기도 들어주었다. 이야기를 들을 때마다 여자는 생각했다. 어딜 가나 사람은 다 똑같지. 아주 오래전 어머니가 중얼거리듯 그런 말을 하는 것을 들은 기억이 있다.

오후 5시가 되면 가게는 문을 닫았다. 여자는 바닥에 흩어진 머리카락을 쓸고 집기들을 씻어 제자리에 정리했다. 수건을 세탁기에 집어넣고 세제를 뿌리고 예약 버튼을 누른 후 선배에게 인사를 하고 퇴근을 했다. 돌아오는 길에는 슈퍼마켓에 들러 세일하는 식재료들을 샀다. 뜨거운 물로 오래 샤워를 한 후 여자는 오늘 산 것들로 요리를 했다. 여자에게는 냄비 하나와 프라이팬 하나밖에 없었고 여자가 만드는 것은 그걸로도 충분한 간단한 요리였다. 여자는 그 요리도 싱크대 앞에 선 채로 작은 창문 너머를 바라보면서 먹었다. 사람들이 집으로 돌아오고 거리에 저녁 짓는 냄새가 퍼진다. 아무리 맡아도 익숙해지지 않는 묘하게 다른 냄새. 왠지 구역질이 날 것만 같아서 여자는 자기가 만든 음식을 목구멍으로 마구 밀어 넣는다. 그 음식은 한국의 것도, 일본의 것도 아니다. 정체를 알 수 없는 음식이다.

저녁을 먹고 설거지를 하고 나면 방에는 정적이 흐른다. 여자에게는 TV도 없고 오디오 플레이어도 없다. 그저 정적뿐이다. 여자는 어둡고 고요한 방에 가만히 앉아 있다. 소파도 쿠션도 없이 얇은 벽에 등을 기댄 채로.

언젠가 여자는 미용실이 쉬는 일요일에 정처 없이 교토의 이곳저곳을 떠돌아다닌 적이 있다. 교토에는 무수히 많은 절이 있지만 어떤 절도 여자의 마음에는 들어오지 않았다. 여자는 철학의 길이라는 산책로까지 가서 그 길을 처음부터 끝까지 걸었다. 어느 구간에는 사람들이 많았고 어느 구간에는 아예 없었다. 여자는 걸었다. 그저 걸었다. 걷다 보니 산책로가 끝나는 지점에 한 절이 나왔다.

난젠지. 여자는 표지판에 적힌 글자를 입안에서 읽어보았다. 목이 말라서 자판기에서 녹차를 한 병 뽑아서 마신 후 절 안으로 들어갔다. 평범한 절이었다. 여자는 법당 안을 들여다 보고 향을 태우거나 약수를 마시거나 무언가를 비는 사람들을 구경하다가 관광객들을 지나쳐 절의 뒤쪽으로 향했다. 사람들이 몰려 있는 곳에 커다란 다리의 기둥 같은 것이 일렬로 서있었다. 절과는 어울리지 않는 모양이었다. 그 기둥들은 중동의 어느 나라에 있다는 아름답고 고풍스러운 다리를 떠올리게 했다. 사랑이 이루어진다는 다리. 사람들은 다리와 사랑을 자주 연결시키지.

하지만 이 절에 있는 기둥들은 다리가 아니었다. 다리는 사람이나 차나 아무튼 살아 움직이는 것들이 한 지점에서 다른 지점으로 건너기 위해 만들어진 것이 아니던가. 여기는 산중의 절이었다. 절에 무엇 때문에 다리가 필요한 거지? 여자는 안내문에 쓰인 글을 읽고서야 그게 다리의 기둥이 아니라 수로의 기둥이라는 것을 알았다. 그러니까 이 기둥 위로 물이 흐른다는 것이다.

여자는 흐르는 물을 보고 싶어서 절 뒤편의 야트막한 산으로 올라갔다. 여자 말고도 몇 사람이 산을 오르고 있었지만 아래에 있는 사람들보다는 훨씬 적은 수였다. 정상에 닿아서야 다리 위의 진짜 수로가 보였다. 수로는 산에서부터 절을 통과해 저 아래 동네까지 이어지고 있었다. 그리고 그 위로는 정말로 물이 흘렀다. 이 사람들은 물이 흐르는 길을 왜 이렇게 웅장하게 만든 것일까. 여자는 잠시 흐르는 물을 바라보다 산을 걸어 내려왔다. 관광객들이 기둥 사이에서 사진을 찍고 있었다.

절의 입구로 나왔을 때 여자는 머리를 짧게 깎고 교복을 입은 한 무리의 소년들이 흰 종이를 들고 일렬로 서있는 모습을 발견했다. 소년들은 상기된 표정으로 무언가를 찾고 있었다. 그러다 한 소년의 눈이 여자의 눈과 마주쳤다. 소년은 잠시 머뭇거리다가 다가오더니 여자의 얼굴을 한 번 살핀 후에 말했다.

"도와드릴까요?"

한국어다. 어설픈 한국어. 그 말을 듣는 순간 여자의 얼굴이 붉게 달아올랐다. 여자는 아무 말도 하지 못하고 그저 소년을 바라보기만 했는데 그제야 소년이 들고 있는 흰 종이

위의 글씨가 눈에 들어왔다. 각기 영어와 한국어, 중국어로
같은 말이 쓰여 있다. '도와 드릴까요? ─ ○○고등학교 외국
어 동아리.'

여자는 머뭇거리다 물었다.

"지하철역이 어느 쪽인가요?"

하지만 여자는 이미 알고 있다. 역이 어디에 있는지.

소년이 서툰 영어로 되묻는다.

"May I help you?"

어쩌면 그 소년이 한국어를 말할 줄 알았더라면, 여자는
모든 걸 다 말했을지도 모른다. 모든 것을. 이를테면 미용
실의 선배가 어떤 여자인지를, 선배의 한결같이 사근사근
한 태도 뒤에 숨은 뼛속깊이 교토 사람 특유의 오만함을. 특
히 선배가 '그 사람, 안 됐어'라고 말할 때 억지로 집어넣은
턱 끝에 대해서. 그건 타인의 불운을 기준으로 자신의 행운
을 가늠하는 사람이 감추지 못한 교만의 증거였다. 어쩌면
미용실에 찾아오는 그 부인들에 대해서도 이야기할 수 있을
지 모른다. 편두통이니 무기력증이니 징징대면서 마사지를

받고 머리를 하고 옷을 사입고 비싼 식사를 하며 수다를 떨고 해외여행을 계획하지만, 사실 그건 남편 덕에 먹고 살 걱정 없이 게으름이나 피우니 어쩔 수 없는 거라고. 여자는 가끔 그 부인들에게 그렇게 말하고 싶었다. 한 번 망해보는 건 어때요? 바닥까지 떨어져 보는 건? 남편 대신 생계를 꾸려보는 건? 배부른 고민 같은 건 집어치워. 응석부리지 말라고요, 아주머니들. 세상은 그렇게 호락호락한 곳이 아니니까. 분리수거에 목숨을 건 맨션의 주인 영감이 자신을 어떤 시선으로 바라보는지에 대해서도 이야기해줄 수 있었다. 미용학원에서 만났던 어린 여자애들에 대해서도. 그 애들이 앞에서는 사근사근하게 굴면서도 등만 돌리면 상대를 갈기갈기 찢을 준비가 되어 있다는 것도 다 이야기했을 것이다. 판에 박힌 듯 똑같은 스타일의 건들대는 남자애들과 보풀이 잔뜩 핀 옷으로 멋을 부리고 까마귀처럼 소리나 질러대는 여자애들과 새까만 양복 차림에 껍데기 같은 얼굴을 한 샐러리맨들, 그들 모두를 여자는 미워했고 그 미움에 대해서도 다 이야기했을 것이다. 어쩌면 여자가 배를 타기 전에 겪었던 일들과 만났던 사람들에 대해서도.

하지만 정말로 종이를 든 소년에게 그 이야기를 할 수 있었을까? 10대의 소년이 낼 수 있는 용기와 호의를 모조리 끌어내 그 자리에 선 그 애에게? 그 순진하고 세상 물정 모르는 그 얼굴에 대고서? 아니, 그럴 수 없었을 것이다.

언제나 저녁이면 얇은 벽 너머에서 이웃들의 소리가 들려온다. 누가 몇 시쯤 집에 돌아오는지, 누가 집에 하루 종일 있는지, 누가 어떤 TV 프로그램을 보는지, 누가 다른 누군가와 어떤 대화를 나누는지, 누구는 몇 시쯤 잠이 드는지, 그의 코 고는 소리는 어떠한지, 누가 밤중에 어떤 통화를 하는지, 누가 연인과 잠자리에 들 때 어떤 소리를 내는지, 누가 밤새 어떤 음악을 듣는지, 여자는 안다. 단지 그들이 누구인지를 모를 뿐이다. 그들의 이름도, 얼굴도 모른다. 거리에서 그들을 마주쳐도 알아보지 못할 것이다. 그들이 어느날 여자가 일하는 미용실로 와서 그들의 머리를 감겨준다고 해도 알아보지 못할 것이다. 여자는 알지 못하는 이들의 머리를 감겨주고 정성껏 마사지해주고 말려주고 다듬어준다. 그것이 여자의 일이니까.

가끔은 물이 흐르는 소리가 들리기도 한다. 수도의 배관을 타고 흐르는 물소리. 이 맨션의 여러 집들을 통과하는 얇고 튼튼한 관에서 들리는 소리. 알지 못하는 어떤 곳에서 와서 알지 못하는 어떤 곳으로 가는 소리.

얇은 벽에 등을 기댄 채 그 소리들을 들으며 여자는 많은 것들을 생각하고 또 많은 것들을 생각하지 않는다. 하지만 안다. 자신에게는 이런 시간이 필요하다는 것을. 그걸 안다. 아무리 오래 해도 부족할 것이다. 아무리 오래 해도 충분치 않을 것이다.

*

내게는 외국의 어딘가에서 이방인으로 살아본 경험이 없다. 어딜 가도 나는 얼치기 여행자일 뿐이었다. 그리고 여행하는 사람은 그 장소의 진실을 볼 수 없다. 어떤 곳에 가도 그곳을 향한 시선에는 선입견과 환상이 함께할 것이다. 나는 그것부터 인정해야 했다. 그렇다면 나는 그 장소에 대해서 쓸 수 없다. 그 장소를 여행하는 나 자신에 대해서 쓰는 것밖에는.

그러므로 내가 쓴 여행기는 모두 나에 관한 이야기다. 그곳에서 발견한 나 자신, 내가 미처 몰랐거나 또는 모르는 체하고 싶던 나 자신에 관한 이야기다. 그것을 빼놓고서 여행에 대해 쓸 수는 없다고 생각한다. 모든 여행기는 나 자신에게서 출발해 나 자신에게로 돌아오는 이야기다. 마치 여행이 그러하듯이.

호두나무 카페가
가르쳐준 것

　　　　오사카나 교토에서 전철로 1시간 정도 떨어진 도시, 나라는 사슴들이 활보하는 나라 공원으로 유명하다. 사슴을 좋아한다면 꼭 이 공원에 가보시길. 사람보다 사슴이 더 많은 곳이다. 벤치에 앉아 도시락이라도 꺼내 먹으려고 하면 사슴들이 시골 마을 건달들처럼 어슬렁어슬렁 다가온다. 도시락을 빼앗기지 않기 위해선 단호히 시선을 피해야 한다. 넓고 평화로운 잔디밭 위에 자리라도 깔고 뒹굴고 싶어 가까이 가보면 온통 사슴 똥 천지다. 공원에는 사슴의 공격을 주의하라는 경고문이 여기저기 걸려 있는데, 일본어와 영어, 한글로 이렇게 써놓았다. '문다' '때린다' '들이받는다' '돌진'. 각 경고마다 사슴에게 공격당하는 아주머니나 소녀가 그려져 있다. 안타깝지만 웃음이 난다. 하지만 사슴이 정말로 사람을 공격하기도 한다. 몇 년 전 아이들을 데리고 나라에 갔을 때 과자를 주었다 뺏기를 반복하며 사슴을 놀리던 아들이 사슴에게 한 대 얻어맞았다. 그 이후로 아들은 사슴을 싫어한다.

사슴 말고도 나라에 가야 할 이유가 있다면, 그건 호두나무 카페일 것이다. 오래 전 자신만의 예쁜 카페를 꿈꾸던 소녀가 있었다. 그림을 그리고 글을 쓰며 카페에 대해 공상하던 소녀는 카페의 이름까지 미리 지어두었다. 카페 호두나무. 자라서 결혼을 해 평범한 주부로 살아가던 소녀는, 아니 여자는 어느 날 그 꿈을 실현시키기로 결심한다.

그녀가 꿈꿔왔던 카페 호두나무를 연 장소는 지방의 소도시 나라에서도 변두리 동네, 일부러 찾지 않으면 찾기도 힘들 장소였다. 아무리 오래 꿈꾸고 계획했어도 실제로 카페를

꾸려나간다는 건 쉬운 일이 아니었다. 좀처럼 손님이 들지 않던 오픈 초기의 길고 힘겨운 시기를 지나 카페 호두나무는 어느 잡지에 소개되면서부터 조금씩 소문을 타기 시작하더니 이제는 '호두나무 카페에 가기 위해 나라에 간다'는 도쿄 여자들이 생길 정도로 유명해졌다. 그렇게 30여 년이 지났다.

나는 그 기사를 잡지에서 우연히 읽었다. 호두나무 카페는 대체 어떤 곳일까. 한 여자가 어린 시절부터의 꿈을 실현시킨 장소는 어떤 장소일까. 그런 곳이 정말 세상에 존재하기는 하는 걸까. 사진 속의 호두나무 카페는 닿을 수 없는, 아주 멀고 아주 다른 세계에 있는 것만 같았다.

어린 시절부터의 친구와 교토로 여행을 가는 길에 나라에 들렀다. 친구와 나는 영원히 끝나지 않을 것처럼 길던 유년 시절을, 일어나지 않을 일들에 대해 공상하거나 어딘가를 풀쩍풀쩍 뛰어오르거나 뛰어내리면서 함께 보냈다. 그리고 공상하는 일과 도약과 착지는 사실은 비슷한 일이었다.

이제 어른이 된 우리는 나라에서 호두나무 카페를 찾는 모험을 함께 해보기로 했다. 일본어를 전혀 모르는 데다 일본에 아는 사람 하나 없는 우리에게는 쉽지 않은 일이었다. 가이드북에 나와 있지도 않고 한국인에게 유명한 카페도 아니어서, 인터넷을 한참 뒤져서야 일본에 거주하는 지인 덕에 카페에 한 번 들른 적이 있다는 한국 사람이 남긴 짤막한 글 하나를 찾았을 뿐이었다. 어쨌든 세상에 존재하기는 하는 곳이었다. 어찌어찌 해서 구글 번역기로 겨우 이 카페의 웹사이트를 찾아내 지도를 프린트할 수 있었다.

우리는 지도에 표기된 나라의 한 전철역에 내렸다. 이제 지도 속의 생소한 일본식 한자와 가타가나를 실제 건물이나 상점의 이름과 대조해 보며 방향을 잡아야 했는데, 전철역에서 왼쪽으로 가야 할지 오른쪽으로 가야 할지조차 알 수가 없었다. 역 앞에서 지도를 이쪽저쪽으로 돌려보면서 맞는 방향을 찾는 데만도 10분이 넘게 걸렸다.

겨우 방향을 파악한 후 우리는 걷기 시작했다. 도로는 넓었고 건물들은 낮았다. 역 근처를 벗어나면서부터는 인적이 드물어졌고 뭘 하는 곳인지조차 알기 힘든 크고 우중충한 건물의 수가 늘어났다. 전형적인 쇠락한 지방 도시의 분위기를 풍기는 동네였다. 점점 불안해졌다. 이렇게 황량한 곳에 호두나무 카페가 정말 있을까.

한참을 걷다 보니 지도에도 표기된 육교가 보였다. 학교 표지판도 보였다. 오른쪽으로 꺾어 다시 좀 더 걷자 이내 지도와 비슷한 장소가 나왔고, 길 건너 철로 옆에 조용히 숨은 카페가 나타났다. 길을 건너니 흰 칠을 한 나무 간판에 카페 호두나무, 그러니까 '카페 쿠루미노키' 라고 적혀 있는 것이 보였다.

카페의 외관은 생각보다 평범했다. 생각 없이 걷다가는 그냥 지나치기 좋을 정도로 크게 눈에 띄지 않는 분위기. 입구로 들어서자 너른 마당과 커다란 나무가 보였다. 입구 바로 오른쪽으로는 오두막 같은 잡화점이, 정면으로는 카페 건물이 있었다. 카페는 담쟁이덩굴로 덮인 목조주택이었는데 출입문은 마치 가정집의 그것처럼 작았다. 마당의 벤치에 사람들이 띄엄띄엄 앉아 있었다.

문을 열고 들어가니 실내는 나무로 꾸민 평범하고 따뜻한 분위기였다. 딱히 세련되지도, 취향을 강요하지도 않는 분위

기. 커피를 마시거나 식사를 하고 있는 사람들은 마치 몇 십 년 전부터 이 비밀을 알고 있었다는 듯 편안하게 이야기를 나누고 있었다. 스태프들은 밝은 얼굴로 인사를 건넸다.

호두나무 카페의 인기 메뉴는 점심시간에만 판매하는 정식이다. '로컬 푸드'라는 개념도 희박하던 때에 이 카페는 지역의 신선한 식재료를 사용한 가정식 요리를 만들어 팔기 시작했다. 지금은 1시간 대기는 기본, 일찍 가지 않으면 재료가 떨어져 먹으려고 해도 먹을 수 없는 메뉴다. 우리가 도착했을 때도 기다리는 사람이 너무 많아 정식은 못 먹겠구나 생각했는데 매니저는 몇 접시 남지 않았지만 대기하면 가능하다고 답해주었다. 그러면서 그는 조금 쑥스러운 표정으로 물었다. "어느 나라에서 오셨어요?" 아마도 외국인이 많이 찾는 카페는 아닌 모양이었다.

우리는 카페의 마당에서 1시간 정도를 기다렸다. 잡화점에서 카페의 주인이 일본 전역을 돌아다니며 수집해온 공예품을 구경하기도 했다. 아무것도 사지는 않았지만 보는 것만으로도 기분이 좋아지는 물건들이었다. 카페 건물의 뒤쪽으로는 옷가게도 있었는데, 직접 디자인해 만든 고가의 옷들을 판매했다. 우리 말고도 많은 여자들이(전부 여자였다) 상기된 표정으로 카페에 들어가기를 기다리고 있었다. 이 여자들도 다들 우리와 같은 기대를 품고 이곳을 찾아왔겠지.

1시간이 지나 드디어 카페 안으로 안내를 받았다. 우리는 정식 메뉴를 주문했다. 공들여 만들었지만 기본적으로 신선하고 소박한 가정식 요리였다. 남김없이 다 먹어도 속이 더부룩해지지 않았다. 우리는 커피와 차를 주문하고 케이크도 한 조각 주문해서 그것도 바닥이 보이도록 싹싹 긁어 먹었다. 그러고 나서 카페를 나와 다시 왔던 길을 걸어서 전철역으로 돌아갔다. 발견의 포만감에 취한 걸음. 아마 수십 년 전 우리가 기찻길에서 뛰어내리거나 흙을 파헤치다 신기한 빛깔의 돌을 발견했을 때도, 먼 동네까지 놀러갔다가 새로운 친구를 사귄 후 집으로 돌아올 때도 같은 걸음을 걸었을 것이다.

"카페를 열고 처음 3년간은 암흑의 터널이었습니다."

호두나무 카페의 주인은 어느 인터뷰에서 이런 말을 했다. 나는 그 말을 이해한다. 3년의 시간이 농축되어 있는 저 문장의 무게를 이해하고, 암흑의 터널이 어떤 장소인지를 이해한다. 머리가 아니라 몸으로 이해한다. 3년이라는 긴 시간을 손님 없는 카페에 앉아 마음 졸이며 보내야 했을, 하루에도 몇 번씩 포기해야 할지 계속 버텨야 할지를 가늠했을 시간을 이해한다. 호두나무 카페는 계속 버텼다. 하지만 나는 그러지 못했다. 나라에서 돌아오고 몇 년 후에 나는 카페를 차렸다가 2년이 채 못 되어서 문을 닫았다.

처음 장사를 시작할 때 장사는 첫 3개월을 버티는 것이 중요하다는 이야기를 듣고 '아니, 어떻게 3개월을 못 버틸 수가 있을까?' 하고 생각했다. 하지만 글자로 쓰인 3개월과 내 앞에 놓인 약 90일의 시간은 전혀 다른 것이었다. 그 90일은 일종의 시험기간과도 같았다.

장사를 하다 보면 좋은 날도 좋지 않은 날도 있다. 마음에 드는 손님도, 마음에 들지 않는 손님도 있다. 사람을 마주하고 싶지 않은 날에도 카운터 앞에 서서 웃어야 하고, 상처가 되는 말을 함부로 내뱉는 사람들에게도 등을 돌릴 수가 없다. 경제적인 문제도 무시할 수 없다. 아니, 그게 가장 중요하다. 장사가 안 되는 상황에서도 감정적으로 흔들려서는 안 되는 법이다. 이런 일이 앞으로도 끝없이 계속될 텐데 버틸 수 있겠어? 견딜 수 있겠어? 무너지지 않을 수 있겠어?

그 시험을 통과하지 못한 사람들은 일찍 문을 닫고 손을 턴다(그것도 상황에 따라서는 나쁘지 않은 결정이라고 생각한다). 그 시험을 통과해도 6개월, 1년, 2년, 3년의 시험이 계속해서 우리를 기다린다. 그 기간 동안 나는 장사에 있어 한결같음, 꾸준함의 힘이 얼마나 중요한지를 뼈저리게 깨달았다. 늘 한결같고 꾸준하려면 초반에 너무 힘을 빼서는 안 된다. 페이스를 조절하면서 힘을 주어야 할 지점과 빼야 할 지점을 잘 구별해야 한다. 뭐든 완벽하게 해내기 위해 발을 동동 구르는 것보다는 천천히 무언가를 쌓아나간다는 느낌으로 완급을 잘 조절하는 것이 중요하다. 어찌 됐든 시작했으니 이것을 유지하는 것이 나의 책무라는 마음을 굳게 먹어야 한다. 비관적인 상황에서도 낙관해야 한다. 자꾸만 흔들려서는 안 된다. 정말 쉽지 않은 일이다.

꼭 장사가 아니더라도, 어떤 일을 하건 그 일은 처음에 기대했던 것보다 훨씬 초라할 것이다. 가끔은, 아니 꽤 자주 그만 두고 싶은 마음을 느낄 것이고, 아무리 해도 만족스럽지

못할 것이다. 하지만 그 시간들을 견뎌내야 한다. 아니, 무언가를 한다는 건 그런 일의 연속이라는 사실을 받아들여야 한다.

그렇지만 이건 '모든 건 마음먹기에 달린 거지' '마음만 먹으면 못할 일이 없다' 같은 이야기가 아니다. 사람마다 자신이 가진 최대한의 끈기와 꾸준함을 발휘할 수 있는 일이 있고 그럴 수 없는 일이 있다. 나는 무작위로 찾아오는 손님을 상대하는 일에는 젬병이었지만, 홀로 앉아 저 멀리 있을 이름 모를 사람을 떠올리며 그 사람에게 마음을 전하는 글을 쓰는 일은 그럭저럭 참을 수 있었던 것 같다. 그래서 나는 카페를 그만 두고 이 일을 한다. 이 일도 썩 잘하지는 못하지만 그래도 그나마 내가 참아낼 수 있는 일이기 때문이다.

이 이야기의 결론은 그것이다. 꿈꾸는 일이나 시작하는 일, 그리고 시도하는 일은 중요하다. 정말 중요하다. 하지만 그보다 더 중요한 일은 견디고 기다리는 일이다. 그런데 사람은 자신이 견딜 수 있는 일을 할 때 견딜 수 있다. 아무 일이나 견디기만 한다고 다 되는 건 아니다. 그러니 견딜 수 있는 일이 무엇인지를 찾는 것, 다시 말해 견딜 수 있는 꿈을 꾸는 것, 그 꿈을 잃어버리지 않도록 소중하게 간직하고 지켜나가는 것, 그것도 못지않게 중요하다. 호두나무 카페는 내게 그런 것들을 가르쳐 주었다.

엄마와
담배

　　엄마와 나는 산조 거리를 걷고 있다. 교토
의 중심가라 할 수 있는 이 단정한 거리의 곳곳에 작은 가게
들이 숨어 있다. 대개는 고급 의류나 공예품을 파는 가게들
이다. 가게들을 둘러보는 것만으로도 산책은 즐겁다. 중간
중간 엄마는 작은 옷가게(의상실이라는 명칭이 더 맞을 듯한)의
쇼윈도 앞에 멈춘다. 엄마는 옷들을 구경하고 나는 거리로
고개를 돌린다. 나는 옷 구경을 별로 좋아하지 않는다.

　꼭 그런 것은 아니다. 나도 옷 구경을 좋아한다. 나도 한때

는 혼자서 백화점이건 그냥 옷가게건 동대문이건 열심히 돌아다녔다. 패션잡지도 열심히 보았고 그런 잡지에서 뜯어낸 페이지를 벽에 붙여 두기도 했다. 하지만 어느 순간부터 백화점에만 가면 갑갑해져서 웬만해서는 가지 않게 되었다. 옷을 구경하는 것도, 사는 것도 귀찮아졌다.

엄마는 옷을, 스타일과 패션을 사랑한다. 남들은 멋쟁이 엄마를 두어서 좋겠다고 하지만, 물론 좋을 때도 있지만, 솔직히 짜증이 날 때도 있다. 아직도 자신의 가능성을 탐구한다는 것이 철부지처럼 느껴진다. 가능성 같은 건 이제 접어둬도 좋을 나이가 아닌가.

사람들이 자신에 대해서 너무 많이 이야기할 때, 자신이 무엇을 좋아하고 무엇을 싫어하는지 너무 많이 이야기할 때, 자신이 되고 싶은 모습이 무엇이고 자신을 실망시키는 자신의 모습이 무엇인지 자꾸만 이야기할 때, 솔직히 질린다는 생각이 든다. 자신 같은 건 별로 중요하지 않다고 쏘아붙이고 싶다. 자신은 잡으려 하면 자꾸 멀어지는 그림자 같은 것이다. 하지만 나 역시 자신에 대해서 가장 많이 생각하고 또 가장 많이 이야기한다. 어쩔 수 없군.

올해 열세 살인 내 딸은 글자로만 된 책은 읽지 않는다. 하지만 매일, 거의 매 순간 책을 끼고 있다. 만화책들이다. 딸은 강박적으로 자신이 좋아하는 만화책들을 모은다. 글자만 있는 책을 권해 보기도 했으나 반발만 거셌다. 어느 순간부터는 우리도 포기했다. 뭐라도 읽는 게 어디냐고 생각하고 있다.

어쩌면 저렇게 격렬히 글자로 된 책을 거부하는 이유는 나 때문이 아닐까. 딸이 태어날 때부터 나는 책을 끼고 살았다. 온 집안에 책이 널려 있고 나는 늘 책을 읽고 있었다. 그건 자랑이 아니다. 나는 아이들보다 책을 더 좋아했기 때문이다. 아무리 해도 내 뜻대로 되지 않는 육아보다는 책 속으로 달아나는 쪽이 훨씬 편했기 때문이다.

아이들은 내가 책을 읽는 주위에서 놀거나, 내 책을 덮어 시선을 끌어보려 노력했다. 여름에 아이들이 마당에서 물놀이를 하는 동안 나는 그 옆에 낮은 캠핑용 의자를 놓고 앉아서 커피나 맥주를 마시면서 책을 읽었다. 아이들은 나와 놀고 싶어 했지만 나는 아이들과 노는 일이 제일 힘들었다.

돌이켜보면 엄마 때문에 나는 옷차림에 신경을 쓰지 않은 채로 10대를 보냈다. 키가 큰 엄마가 학교에 티셔츠와 청바지를 입고 찾아오면 부끄러워 고개를 들 수가 없었다. 그때만 해도 엄마들은 죄다 월남치마에 내복 같은 바지를 입고 있었기 때문이다. 아이들은 "우와 저 사람이 너희 엄마야?"라며 놀랐고 나는 엄마에게 빨리 집에 가라고 신경질을 부렸다. 엄마가 사준 옷은 무엇이건 마음에 들지 않는다며 퇴짜를 놓았다.

엄마가 쇼윈도의 옷을 구경하는 동안 나는 거리를 걸어오는 한 남자와 여자를 보고 있다. 남자는 나이가 지긋해 보이고 여자는 젊다. 아마도 삼십대 초반 정도? 여자는 산호색의 긴 로브 같은 것을 걸치고 있는데 키가 작아서 거의 땅에 끌릴 듯하다. 화장을 곱게 하고(일본 여자들이 늘 그러듯 눈화장을 진하게 하고 피부는 밝게, 그리고 뺨에는 산호색의 블러셔를 듬뿍 발랐다) 목에는 긴 진주 목걸이를 걸쳤다. 속에 입은 옷은 아마도 얇은 스웨터와 긴 스커트였을 것이다. 나는 잘 차려입은 그 여자의 모습에 시선을 빼앗겼다. 만약 내 옆에 친구가 있었다면 나는 친구를 불러 그 여자에 대해서 이야기했

을 것이다. "저 여자 좀 봐. 괜찮지?" 하지만 엄마에게는 그런 이야기를 하고 싶지 않다. 엄마가 패션에 대해 열변을 토할까 걱정이 된다.

부모님이 늙으면 나는 그들과 여행하리라 늘 생각한다. 혹은 내가 늙어 부모님과 함께 여행하리라는 것도 아울러 생각한다. 나는 부모님이 이미 늙었다는 걸 잊어버린다. 아니, 정확히 말하자면 그걸 부정해 버린다. 아직 시간이 있다고 생각하고, 시간 감각을 잃어버린다. 부모님과의 만남에는 그것이 어떤 만남이든 간에 약간의 불안함이 스며 있다. 어머니, 아버지와 함께 발코니에 앉아 진부하고 무의미한 얘기를 하는 것보다 더 나은 게 없는 걸까? 나를 더 행복하게 해줄 사람들이 없는 걸까? 단지 부모님을 위해 여기 앉아 있는 건가? 그리고 매번 헤어질 때는 후회와 슬픔이 몰려온다. 사실 어머니, 아버지와 함께 있는 것은 얼마나 좋은지. 얼마나 이상하면서도 푸근한지. 또 나는 어쨌든 세상살이에 대해 알 건 다 아니까 부모님에게 전적으로 돌아갈 필요도 없지 않은가? 우리가 함께할 수 있는 방법은, 내가 불안해하지 않고, 후회하지 않으며, 슬퍼하지 않고, 금방 자리를 뜨지 않고, 부모님을 기만하려고 애쓰지 않는 것인데, 그런 경우는 드물다. ─ 유디트 헤르만, 《단지, 유령일 뿐》 중에서

유디트 헤르만의 소설집 《단지, 유령일 뿐》에 들어 있는 단편 〈아쿠아 알타〉는 여행 중인 부모님을 만나기 위해 베니스에 도착한 여자의 이야기다. 그녀는 부모님에 대해 복합적인 감정을 느낀다. 마치 나처럼.

여러 번 나는 부모님에 대해서, 특히 엄마에 대해서 이야기했는데 다 좋은 이야기는 아니었다. 하지만 내가 여전히 엄마에 대해서 생각하고 글을 쓰고 엄마를 향한 나의 이상한 감정들을 설명하려 하는 이유는, 그 정도로 엄마가 내게 미친 영향이 절대적이었기 때문일 것이다. 사실 나는 마마걸인지도 모른다.

엄마는 교토에서 나에게 쇼핑을 하러 가자고 했다. 백화점이나 쇼핑몰 같은 그런 곳에. 나는 그런 곳은 질색이니 가고 싶으면 엄마 혼자 가도 좋다고 말했다. 엄마는 내게 말했다.

"이제 너랑 나랑 같이 쇼핑할 일이 얼마나 있겠니?"

나는 그 말을 듣고 뜨끔했지만 결국 옷가게까지 따라가서도 엄마에게서 멀찍이 떨어져 선 채 온몸으로 '빨리 나가자'는 신호나 보내고 있었다.

아마도 엄마가 이 세상에서 사라지면 나는 그 말을 자꾸만 떠올릴 것 같다.

나는 어머니를 보듬으며 여러 번 연달아 "계단 오를 때 조심하세요!" 라고 했고, "같이 올라갈 수 없을까요. 소리 안 나게 살금살금 올라가 엄마 침대에 좀 누워 있을 수 없을까요." 하고 말하고 싶은 것을 억지로 참았다. 그리고 어머니도 호텔로 들어갔다. 나는 부모님의 방에 불이 켜질 때까지 창문 앞에서 기다렸다가, 불이 다시 꺼질 때까지 이십 분 더 기다렸다. 아버지는 조심스럽게 발코니로 나와 담배에 불을 붙였고, 나는 아버지가 안경을 벗은 뒤라 나를 볼 수 없을 거라고 확신했다. 아버지를 불러 한 번 더 "안녕히 주무세요" 라고 말할까 생각했지만 그냥 발길을 돌렸다. ― 유디트 헤르만, 〈단지, 유령일 뿐〉 중에서

"같이 올라갈 수 없을까요. 소리 안 나게 살금살금 올라가 엄마 침대에 좀 누워 있을 수 없을까요."

이 문장을 읽으면서 나는 웃고 싶기도 했고 울고 싶기도 했다. 나는 엄마보다 더 큰 마흔이 넘은 딸이 되었는데 아직도 엄마의 품에 안겨 있고 싶다. 그러나 실제로 엄마가 그렇게 한다면 나는 갑갑하다며 그 품을 빠져나올 것이다. 그리고 내 딸도 나와 꼭 같다. 이 감정을, 이것을 무어라 설명하면 좋지?

엄마와 교토에 도착한 날, 우리는 무척 들떠 있었다. 엄마는 교토의 모든 것을 좋아했고 언제나 한 세트로 붙어 다녀야 했던 아빠에게서 떨어진 것이 홀가분해 보였다. 하지만 엄마는 내내 아빠 이야기만 했다. 우리는 호스텔의 주방 식탁에 앉아 생맥주를 마셨다. 맥주를 세 잔째 마시고 기분이 좋아 보이는 엄마에게 내가 말했다.

"엄마 나 말할 게 있어."

엄마는 내가 "엄마 나 셋째를 가졌어" "엄마 나 빚이 있어" "엄마 나 남자가 생겼어" 라고 말할 것을 예상하는 표정을 지었다. 나는 말했다.

"엄마 나 담배 한 대 피워도 괜찮지? 난 원래 여행을 오면 꼭 담배를 피워. 그게 내 의식 같은 거야. 아무도 나를 모르는 거리에서 누구의 시선도 의식하지 않고 한 대 피우는 것."

어쩐지 안도한 듯한 엄마는 1초도 고민하지 않고 답했다.

"그래 그래 피워! 그게 뭐가 대수니?"

셋째나 빚이나 이혼의 충격에 비한다면 담배 한 대 정도야 정말 대수롭지 않았을 것이다. 엄마가 말했다.

"피워. 그런데 쪼그리고 앉아서, 남 눈치 보면서 피우지 마. 당당하게 피워."

어릴 때 내게는 작은 도벽이 있었다. 아마 초등학교 1, 2학년 정도였을 것이다. 학교 앞에서 친구와 놀고 있는데 길모퉁이에 있는 문방구 옆쪽 좌판에 늘어놓은 병아리 과자가 보였다. 하나에 50원 정도 하는 과자였다. 문방구 주인아저씨는 아이들을 상대하느라 좌판 쪽에는 아무도 없었다. 나는 길을 건넜고 그 과자를 하나 집어서 가져왔다. 그냥 가져왔다. 모든 것이 자연스럽고 쉬웠다. 친구와 나는 그걸 맛있게 나눠 먹었다. 죄책감을 느꼈을까? 잘 모르겠다. 아마 짜릿했을 것이다. 이래도 되는구나 싶었을 것이다.

　두 번째였는지 세 번째였는지 나는 결국 아저씨에게 잡히고 말았다. 아마 아저씨는 처음부터 다 알고 있었을 것이다. 아저씨는 우리 둘의 멱살을 잡고는 경찰서에 끌고 가야겠다며 호통을 쳤다. 주위 아이들이 모두 몰려들어 아저씨에게 멱살 잡힌 우리를 구경했다. 지금 생각해보면 아마 겁을 준 것뿐이었겠지만 우리는 무서워 울고불며 아저씨에게 빌었다. 마침 지나가던 유치원 담임선생님이 아저씨에게 잘 말해주어(우리는 늘 겁 많은 모범생들이었다) 겨우 풀려나 집으로 돌아올 수 있었다.

　얼마 후 주말에 외식을 하고 나서는 기분이 좋아진 엄마가 문제집을 사주겠다고 했다. 그 시절 절약이 모토이던 우리집에서는 새 참고서도, 새 문제집도 잘 사주지 않았다. 내 참고서는 늘 헌책방에서 산 작년 것이었다. 그런데 엄마가 하필 그 문방구로 가는 것이 아닌가. 나는 주인아저씨가 무섭고 엄마에게 도둑질을 한 사실을 들킬까 제정신이 아니었다. 내가 안으로 들어가지 못하고 밖에서 서성대자 아저씨는 웃으며 엄마에게 자초지종을 이야기했다.

도덕심이 남달리 투철했던 엄마의 얼굴은 싸늘하게 굳었다. 태어나서 처음 보는 무서운 얼굴이었다. 엄마는 곧장 등을 돌려 집까지 직진했다. 내가 울면서 쫓아갔지만 엄마는 악을 쓰며 뿌리쳤다. 보다 못한 아빠가 뭘 그런 걸 가지고 그러느냐며 엄마에게 한소리를 할 정도로 그때의 엄마는 무시무시하게 화가 나 있었다. 며칠 동안 엄마는 내게 말조차 걸지 않았다.

교토에서 나는 그날 이후 처음으로 엄마에게 그 이야기를 꺼냈다. 겨우겨우, 최대한 그 일에 얽힌 내 감정을 드러내지 않으려고 노력하면서, 가능한 한 짤막하게. 그리고 엄마는 그날 이후 처음으로 내게 말했다.

"난 그날 네게 그렇게 했던 나 자신을 찢어죽이고 싶을 정도야. 두고두고 그렇게 생각했어."

나는 눈물이 날 것 같아서 시선을 피했다.

아이는 자라면서 마음속에 여러 개의 상자를 만들어 둔다. 그 상자들은 대개 열쇠로 굳게 잠겨 있다. 상자에 든 건 어른의 눈에는 아무것도 아니지만 당사자인 아이에게는 존재를

뒤흔들 정도로 비밀스럽고 고통스러운 경험과 감정들이다. 차마 다시 열어보지 못하고 열쇠로 잠가 꽁꽁 묶어둘 수밖에 없는 것들. 나는 나쁜 아이일까. 나는 구제불능일까. 나는 태어나서는 안 됐던 걸까. 그 상자는 자라서 어른이 된 뒤에도 마음속 깊은 곳에 여전히 남아 있다. 난파한 배에서 그대로 수장된 바닷속 보물들처럼.

엄마가 한 그 말 한 마디에 상자 하나가 열리더니 이내 사라져버렸다. 무려 30년이나 묵은 상자였다.

세상의 모든 아이들에게 그러하듯이 나에게도 엄마는 신이었다. 엄마는 나에게 생명을 준 존재다. 엄마는 늘 옳았고 옳아야만 했다. 하지만 현실에서 엄마의 옳음은 나와 자꾸만 부딪쳤다. 그렇다면 나는 잘못된 존재일까.

어른이 된 후 언젠가부터 나는 엄마의 과거를, 그리고 아빠의 과거를 상상해 보곤 한다. 우리를 낳기 전의 엄마와 아빠를. 도대체 왜일까. 요즘 들어서야 그런 생각이 든다. 부모의 과거를, 부모가 부모가 아니던 때를 상상한다는 것은 그 지점에서 다시 시작하기 위해서이다. 바로 그 지점에서 모든

걸 되돌리고 바로잡기 위해서이다.

그들이 신이 아니라 인간이었던 때를 상상하면서, 나는 '그럴 수도 있어' '그럴 수도 있지'의 감정을 느끼게 된다. 그리하여 나는 그들을 숭배하는 것이 아니라 사랑하게 된다. 사랑에는 수많은 감정들이 들어 있다. 공감과 안타까움, 연민과 격려까지도.

이날 나는 처음으로 엄마에게 말했다.

"엄마, 엄마가 나에게 무슨 좋은 얘기를 해줘서도 아니고 엄마가 대단한 사람이라서도 아니라, 그냥 엄마가 세상을 살아가는 방식 자체가 나에게 롤모델이 돼. 앞으로도 그럴 거야."

엄마는 감격한 표정을 지었다.

나는 엄마를 숙소의 로비에 남겨두고 밖으로 걸어 나왔다. 골목을 따라 걷다가 사거리 건너편에 불을 밝힌 로손 편의점을 발견했다. 담배를 한 갑 사고 라이터도 하나 샀다. 그리고 다시 건너편으로 돌아와 불 켜진 로손 편의점을 바라보며 담배를 한 대 피웠다. 완벽했다. 이것이 내가 원하는 것이었다.

아마 내가 살아가는 방식을 보고 내 딸도 무언가를 배울 것이다. 좋은 것이든 나쁜 것이든. 나는 누구나 담배를 피우는 세상이 아니라(담배는 좋지 않다. 하지만 인간은 나쁜 짓도 좀 하고 살아야 건강하다), 누구든 원하면 타인에게 피해를 주지 않는 선에서 하고 싶은 것을 하는 것이 당연한 세상을 내 딸에게 물려줘야 할 것이다. 그리고 내가 하는 가장 나쁜 짓이란 바로 가끔 담배를 태우는 것이다.

나는 비교적 (겉으로는) 착실하고 평범하게 살고 있는데 그런 것이 마냥 행복하기만 한 것은 아니다. 가끔은 목이 조이는 것처럼 갑갑한 기분이 들 때도 있다. 당연하다. 인간은 누구나 착하고 또 나쁜 존재이기 때문이다. 담배를 태울 때 나는 (오로지 내 기준에서) 세상에서 가장 나쁜 여자가 된다. 세상에서 가장 나쁜 여자가 될 수 있는 시간을 나 홀로 실컷 즐기고 난 후에는 다시 착실한 나로 돌아올 수 있다.

생각해보면 조금 한심하고 어쩐지 처량하기까지 하다. 고작 담배 한 대를 피우는 일일 뿐이다. 아직도 나의 내면에는 셔츠의 단추를 목 끝까지 채우던 모범생 소녀가 남아 있기 때문이다.

　나의 아이들은 나를 어떤 식으로 미워하게 될까. 두려운 동시에 기대도 된다. 그 아이들이 우리를 미워할 수 있다면, 그 미움을 건강하게 처리하는 법을 스스로 터득할 수 있다면, 그 아이들은 비로소 부모를 넘어설 수 있을 것이다. 세상의 모든 아이들은 다들 그런 식으로 어른이 되는 법이니까.

우리는 모두
이 버스의 승객들

　　　　　교토에서는 버스를 자주 탄다. 교토의 볼거리는 시내 곳곳에 숨어 있고 버스 노선은 그 모든 장소를 커버한다. 하지만 교토 시내는 늘 교통체증이 심하다. 인기 코스의 버스는 언제나 만원이다.

　일본에서는 버스를 탈 때 뒷문으로 타서 앞문으로 내려야 한다. 내릴 때 운전기사에게 어디에서 탔는지를 말하고 요금을 내는 시스템이다. 다소 비효율적이다. 시간도 오래 걸린다. 우리나라 버스였다면 운전기사가 이성을 잃을 만한 상황

도 자주 벌어진다. 하지만 이곳은 이성의 나라, 일본이다. 누구도 화를 내지 않고 누구도 재촉하지 않는다. 물론 일본에도 화가 많은 사람들이 있을 것이다. 하지만 내가 본 바로 그 화를 밖으로 표출하는 이는 아직 없었다. 대단하다. 타인과 함께 살아간다는 건, 타인이라는 존재를 견딘다는 건 실로 엄청난 에너지가 필요한 일이니까(그래서 가끔 이 나라에서는 불특정 다수를 향한 잔혹한 사건들이 일어나는 걸까).

첫 번째 이야기

그날 내가 탄 버스 안은 사람들로 가득 차 있었다. 한눈에도 시골에서 온 관광객 같아 보이는 할머니 몇 분이 계셨다. 할머니들은 활기가 넘쳤고 목소리를 높여 떠들면서 창밖으로 호기심과 조바심이 섞인 시선을 보내고 있었다. 여자들은 함께 모여 있으면 나이에 관계없이 소녀가 되는 법이다.

일본의 시내버스에서는 대개 운전기사가 마이크에 대고 도착할 정류장을 안내한다. 아마 할머니들은 고조 가라스마에서 내려야 했을 것이다. 그런데 교토가 낯선 데다 흥분 상태에서 방송을 제대로 듣지 못한 할머니들은 비슷한 이름의 가라스마 역에서, 시조 가라스마에서, 정차할 때마다 버스에 폭탄이라도 떨어진 듯 호들갑을 떨며 우르르 앞문으로 몰려가 "여기가 고조 가라스마가 맞습니까?!" 하고 소리쳤다. 기사는 화를 내지도 않고 핀잔을 주지도 않았다. 그는 그저 사무적인 말투로 "여기가 아닙니다. 다음입니다" 하고 답했다.

할머니들은 문 앞에 모여선 채로 우왕좌왕했다. "여기가 아니야?" "여기가 아니래." "아이, 어떡하지." 할머니들은 문이 열릴 때마다 이것이 다시는 잡을 수 없는 기회인 듯 심각했고, 그런데도 세 번이나 연달아 실수를 한 후에는 멋쩍어 웃음을 터뜨렸다.

버스 안의 승객들에게서도 웃음보가 터졌다. 아주머니도, 아저씨도, 소녀들도 웃었다. 할머니들 때문에 가뜩이나 밀리는 길에서 정차 시간이 더 길어졌는데도 다들 웃기만 했다. 그 와중에 한 아주머니가 할머니들에게 언제 내리면 되는지를 친절히 알려주었다. 그들이 하는 말을 알아들을 수는 없었지만 대충 이런 이야기였으리라. "어디가 어딘지 알 수가 없네요." "맞아요. 교토는 복잡하죠." "교토는 처음이라, 너무 복잡해요." "우리는 시골에서 와서."

할머니들은 결국 고조 가라스마에서 유쾌하고 시끌벅적하게 내릴 수 있었다.

두 번째 이야기

교토의 가장 붐비는 노선에서 버스를 탔다. 한 외국인이 내리려 하면서 5천 엔짜리 지폐(한국 돈으로 5만 원 정도)를 내밀었다. 운전기사는 잔돈이 없다고 했고 외국인은 가진 현금이 그것밖에 없다며 당황해했다. 아마 이런 일이 한두 번이 아니었을 것이다. 기사는 버스를 출발시키지 못하고 마이크에 대고 느릿느릿 말했다. "혹시 잔돈 바꿔주실 분 계십니까?" 그러자 몇몇 사람이 고개를 쭉 빼며 지갑을 꺼내는 시늉을 했고, 앞자리에 앉은 한 부인이 주저 없이 벌떡 일어나자기 지갑에서 잔돈을 꺼내 바꿔 주었다.

그 부인이 작은 지갑의 지퍼를 열어 경쾌하게 돈을 꺼내건네던 찰나의 느낌을 나는 잊지 못한다. 나도 돈을 꺼낼 때저렇게 경쾌할 수 있을까. 내 지갑은 늘 무겁고 나는 지갑을 늘 실제보다 무겁게 느끼는 것 같다. 그래서 나는 늘 주저주저하며 돈을 꺼낸다.

하지만 부인의 친절에는 쑥스러워하는 느낌도 친절을 과시하는 부담스러운 느낌도 없었다. 그건 그저 이런 느낌이었다. '다음에 내가 같은 일을 겪으면 다른 누군가도 나를 위해 당연히 이렇게 해줄 거예요. 그러니까 고맙거나 미안해 할 필요 없어요.'

한국의 버스에서 나는 몇 번인가 분노를 참지 못하고 내리는 문 위에 붙은 교통불편 신고엽서를 꺼낸 적이 있다. 우리 엄마는 어떤 할머니가 자리에 앉지도 못했는데 버스를 출발시켜 할머니를 넘어뜨린 운전기사를 정말로 신고했다. 언젠가 버스 안에서 말귀를 잘 알아듣지 못하는 외국인 노동자를 향해 차마 입에 담을 수 없을 정도의 욕설을 퍼붓는 운전기사를 보고 살의 비슷한 것을 느꼈다는 동생의 고백을 들은 적도 있다.

내가 어릴 때만 해도 버스에 앉은 사람들은 남의 짐을 당연한 듯 자기 무릎에 올렸다. 이제 사람들은 더 이상 남의 짐을 들어주지 않는다. 그런데 나는 왜 사람들이 그러지 않는지 안다. 거절당하는 것이 무안하기 때문이다. 도와주겠다고 할 때 단호히 거절하는 사람들이 있기 때문이다.

　반대로 거절하는 입장에서는 남에게 신세를 지는 그 시간을 어떻게 보내야 할지 몰라 곤혹스럽기 때문이다. 그럴 바에야 무거운 짐을 들고 있는 것이 마음 편하다. 세상은 남에게 폐를 끼치고 또 그 폐 끼침을 갚는 것으로 굴러간다는 사실을 우리는 이미 잊었다.

　그럼에도 앞에 선 사람의 짐을 보고 눈을 굴리는 사람들의 마음속 깊은 곳에서 호의와 선의라는 오래된 욕구가 꿈틀거린다. 거의 자동반사다. 그러나 무언가가 그것을 가로막는다.

　얼마 전 마을버스를 탔다가 산자락 아래 우리 동네 정류장에서 내릴 때 배드민턴 가방을 맨 한 중년 남자가 버스로 다가왔다. 그는 운전기사에게 이 버스를 타면 지하철역까지 가느냐고 물었다. 기사는 못마땅한 표정으로 "반대쪽"이라고 대꾸했다. 침이라도 뱉는 것처럼 성의 없는 말투였다. 남자는 그 말을 잘 이해하지 못하는 것처럼 보였다. 그는 혼란스러운 표정을 짓더니 반대편 버스 정류장 쪽이 아닌, 완전히 다른 방향으로 걸어 내려가기 시작했다.

그 모습을 보고 버스에서 내린 남학생 두 명이 한동안 횡단보도를 건너지 못했다. 그 애들은 걸어가는 남자의 뒷모습을 보다가 서로를 보다가 했다. 말이 아니라 눈빛과 표정과 몸짓으로 하는 그 대화는 이런 것들이었으리라. '저 남자가 반대 방향으로 가잖아.' '도와줘야 할 텐데.' '가서 말할까.' '어떻게 하지.'

나는 그 애들이 예뻐 견딜 수가 없었다.

사람들의 마음에는 대개 선의가 숨어 있다고 믿는다. 다만 발휘할 기회가 없을 뿐이다. 가방을 들어주지 않는 사람들에게도, 문을 잡아주지 않는 사람들에게도, 남을 밀치는 사람들에게도 선의는 숨어 있을 것이다. 다만 지금껏 살아오면서 선의라는 말랑말랑한 감정을 다친 적이 많아 그 위에 겹겹의 갑옷 같은 마음을 두를 수밖에 없었을 것이다. 무심함, 경계심, 적개심, 분노, 경쟁심, 비관주의, 무력함. 때로는 그것이 아주 크고 두터운 수줍음처럼 느껴지기도 한다.

선의와 마음의 여유는 직결되어 있다. 마음에 여유가 없이 선의를 발휘하기란 쉽지 않다. 반대로 마음에 여유가 생기면 타인에게도 관대해지는 법이다. 그리고 마음의 여유는 삶의 여유에서 오는 경우가 많다. 아마 1990년대 후반부터였을 것이다. 사람들이 버스에서 남의 짐을 들어주지 않고 부자가 되자고 외치기 시작한 것이, 나만 잘살면 된다고 말하기 시작한 것이. 바로 그때부터였을 것이다.

이해할 수 없는 나이든 사람들을 보았을 때 화가 나다가도 곧 슬퍼진다. 도대체 어떤 시대를 살아왔기에 저들은 저런 사람들이 되었을까. 빨간불이 켜져도 거침없이 신호위반을 하고 추월하는 차들을 향해 욕설을 퍼붓고 승객의 안전보다는 배차시간을 맞추는 것이 우선인 버스 운전기사들에게도 나름의 이유가 있을 것이다. 누군가가 그들이 좀처럼 여유를 가질 수 없을 정도로 몰아붙일 것이다. 여유를 가질 수 없는 환경에서 스스로 여유를 만들어낸다는 것은 쉽지 않은 일이다. 정말이지 쉽지 않다.

교토에서 버스를 탔던 날들을, 그 날의 특별했던 분위기를, 버스 안에서의 여유 넘치던 웃음을, 타인에게 베풀던 경쾌한 호의를, 나는 아마 오랫동안 잊지 못할 것이다. 교통체

증이 극심한 대도시 한복판의 만원버스에서 내릴 곳을 몰라 허둥대는 할머니들과 함께 웃는 사람들. 잔돈이 없는 사람을 위해 일제히, 그리고 거리낌 없이 지갑을 여는 사람들. 그날 버스 안은 아주 잠깐 천국 같았는데, 돌아와서 누군가에게 그 이야기를 해주었다가 너무 순진한 거 아니냐는 핀잔을 들었다. 그럴지도 모르겠다. 순진한 환상이라고 해도 할 말이 없다. 사람은 어딜 가건 보고 싶은 대로 보고, 찾고 싶은 것을 찾는 법이니까.

나는 그저 그런 생각을 했다. 붐비는 버스 안에서도, 꽉 막힌 도로 위에서도 웃을 수 있어. 나이 들어 내릴 정류장을 착각한 할머니들과 잔돈을 미처 준비하지 못한 외국인에게 연민과 동지의식을 느낄 수 있어. 왜냐하면 우리는 모두 이 버스의 승객들이니까. 언젠가는 우리 모두 내려야 할 테고, 내릴 곳을 착각할지도 모르고, 세상은 항상 우리보다 빨리 움직일 테고, 그 속도를 따라잡지 못해 허둥댈 테고, 돈은 부족할 테고, 부끄러운 줄도 모르고 크게 소리를 지를 테고, 시큰거리는 무릎을 어쩔 수 없어 기다시피 움직여야 할 테니까.

그런 이들을 무표정한 얼굴로 모른 체하거나 화를 낸다고 해서 달라질 건 하나도 없으니까.

여행이라는 게 무엇인지 나는 아직 잘 모르겠다. 다만 오늘은 그런 생각을 한다. 여행에 관한 그 수많은 정의 중에서 여행은 어쩌면 자신만의 이상향을 찾아가는 여정에 가까운 게 아닐까 하고. 눈에 달라붙지 않는 풍경들과 귀에 익지 않은 소리 속에서 우리는 세상을 구성하는 중요한 것들을 더 쉽게 찾아내는 건 아닐까 하고. 중요한 것들은 보통 눈에 잘 띄지는 않지만 알고 보면 무척 단순한 것들이니까. 너무 단순해서 잊어버리거나, 또는 잃어버리기가 쉬운 것이니까.

교토라는
도시에서

교토에 가기 위해 나는 오사카의 간사이 공항에서 내린다. 오래 전 태국으로 가는 가장 싼 비행기를 찾다가 오사카를 경유하는 일본의 ANA항공을 이용한 적이 있다. 간사이 공항에서 꼬박 하룻밤을 대기해야 하는 스케줄이었는데, 그때는 바다 너머 일본 땅에 아무런 흥미도 생기지 않아서 밤을 공항 대합실에서 지새웠다. 의자는 딱딱했고 공항 한구석의 스티커사진 부스는 밤새 알아들을 수 없는 말을 반복했다. 아마 '그냥 가면 숏다리' 정도의 멘트였을 것이다.

그 시절 나는 중간경유의 즐거움을 몰랐다. 기다림, 계획의 차질, 빈 틈, 붕 떠버린 시간, 아무것도 할 수 없는 상태, 수동성 따위에 매력을 느끼지 못했다. 지금의 나는 그런 것들이 즐겁다. 때로는 간절하기도 하다. 그것은 내가 전보다 나은 사람이 되었기 때문이 아니라 그저 나이가 들었기 때문이다. 그러고 보면 세상을 경험하기도 전에 세상에 대한 견해를 갖는다는 건 얼마나 위험한 일인가.

교토에 올 때마다 나는 이 도시의 이름 없는 작은 골목들을 지치도록 걷는다. 딱히 목적 같은 건 없는 산책이다. 걸으면서 오래된 집과 문과 창문들의 아름다움을 만끽한다. 똑같은 모양의 아파트들로 가득한, 어딜 가나 이 동네가 저 동네 같고 저 동네가 이 동네 같은 한국의 대도시와는 다른 아름다움이다.

여기 사람들은 자기 집 앞을 매일 물로 씻어낸 것처럼(실제로 아침마다 물로 씻어내는 모습도 많이 보았다) 깨끗이 청소한다. 쓰레기 하나, 잡동사니 하나 허투루 늘어놓지 않는다.

집안은 어떤지 모르겠으나 집 밖만은 놀랍도록 깨끗하다. 그리고 사람들은 화초를 키운다. 매일 흠뻑 물을 주어 정성껏 키우는 화초들 중에 말라 죽은 것을 찾기가 힘들다. 그런 골목을 걷는 일이 마냥 즐겁다. 매일 이런 일만 하고 살아도 좋을 것만 같다.

물론 이 사람들의 이중성에 대해서, 타인의 시선과 평가를 지나치게 의식하는 성향에 대해서 나쁜 말이 오가는 것도 알고 있다. 이렇게 사는 것도 피곤하겠다는 생각도 들기도 한다. 하지만 내 고국에도 비슷한 사람들이 있다. 내가 살던 골목의 반지하집 꼬부랑 할머니는 매일 아침 일찍부터 골목을 쓸고 화초를 가꾸셨다. 나이를 짐작할 수 없을 정도로 늙은 할머니였다. 비질을 마치고 나면 할머니는 종종 화단에 앉아 한숨을 돌리며 손으로는 작은 돌들로 화단에 담을 쌓았다. 손을 그냥 놀릴 수 없다는 듯이. 그 담은 무척 귀여웠다. 그 할머니가 아니었더라면 변두리 주택가의 우리 골목은 말도 못하게 불쾌한 곳이 되었을 것이다. 교토에서도 할머니와 할아버지들은 굽은 등으로 집 앞을 쓸고 있었다.

그 시절 우리가 살던 단독주택의 담쟁이덩굴을 나는 자랑스럽게 생각했다. 낡고 허름한, 미적 감각과는 무관히 지어진 을씨년스러운 주택이었지만 이 집의 담장은 온통 담쟁이덩굴로 뒤덮여 있었다. 여름이면 대문 위까지 점령한 담쟁이 줄기가 드나들 때마다 얼굴에 닿을 정도였고 그 위로 온갖 벌레며 거미 같은 것들이 집을 지었다. 나는 그 담쟁이덩굴이 우리 집에 운치를 더해준다고 생각했다. 혹독한 주택의 겨울이 지나고 봄이 올 때마다 나는 마당에 앉아 담쟁이 줄기에 파란 잎이 돋는 것을 즐겁게 바라보았다.

그런데 어느 날 윗집에 새로 이사 온 아주머니가 담쟁이덩굴을 모조리 뜯어내버렸다. 하루아침에 우리 집 담은 삭발이라도 당한 듯 초라하고 궁상맞아졌다. 아주머니는 의기양양하게 말했다. "이제 속이 다 시원하네." 나는 그저 안타깝기만 했다.

남에게 보이기 위해 사는 건 아니지만, 그래도 세상은 혼자 살 수 없으니까 다른 사람들을 조금은 기쁘게 해주어도 좋지 않을까. 집의 외양은 실은 나를 위한 것이 아니라 타인을 위한 것이다. 집 안에 들어가 있으면 나야 집 밖을 볼 수 없으니까.

나는 매일 아침 동네를 산책하는데, 그럴 때마다 베란다에 온갖 잡동사니가 마구 쌓여 있는 집, 수년 전 태풍이 불 때 붙인 엑스자 모양 테이프를 아직도 뜯어내지 않은 집, 지저분한 쓰레기가 입구에 한가득 널려 있는 집들을 보곤 한다. 그런 집에는 행운도 들어가기를 꺼릴 것만 같다. 집 안으로 복이 들어올 수 있는 길을 터주기 위해 조심조심 궁리하며 살았던 조상들은 우리보다 좀 더 현명했는지도 모르겠다.

나도 이제는 안다. 인간은 언제나 자신이 사는 장소와 연결되어 있다는 것을. 쓰레기 동굴 같은 곳에서 사는 사람이 바깥에서의 삶을 제대로 꾸려나가기는 어려운 법이다. 만약 그가 잘 사는 것처럼 보인다고 해도 그것은 자기기만이나 미봉책일 뿐이라고 생각한다. 그저 대충 덮어놓고 사는 것이다.

얼마 전 이사 온 빌라의 3층에는 반장 아저씨가 산다. 아저씨는 누가 시키지도 않았는데 매일 빌라 앞 재활용쓰레기들을 정리하고, 전구를 갈아 끼우고, 계단을 청소하고, 쓰레기를 잘못 버린 사람에게 잔소리를 한다. 나는 매일 아저씨를 마주칠까봐, 아저씨에게 무언가 책을 잡히지나 않을까 전전긍긍한다. 죄지은 것도 없는데. 하지만 이 아저씨가 아니었더라면 이 오래된 빌라의 꼴도 말이 아니었을 것이다. 이런 사람들 덕에 세상은 망하지 않고 돌아간다.

  내가 비행기를 타고 다른 나라로 여행을 떠나는 이유는 대개 낯선 곳에서 무책임한 시간을 보내며 그저 즐기는 일만 하고 싶기 때문이다. 나의 일상의 끝없는 책임과 무거운 의무를 잠시라도 벗어던지고 싶기 때문이다. 또 소비주의 사회에서 나는 쓰기 위해서 계속해서 벌어대야 하는데, 돈 버는 일의 고통을 잊고 아주 잠시 동안 쓰는 것에만 몰두하는 방종을 나 자신에게 허락하기 위해서이기도 하다.

  그런데 여행은, 소기의 목적을 달성한 며칠이 지난 후 다시 내 나라로 돌아왔을 때 나에게 기대하지 못했던 선물을 준다. 이를테면 그곳에서 배워온 사소하고 즐거운 습관과 그곳에서 본 풍경들이, 내 여행 가방 속에 몰래 숨어든 작은 벌레처럼 나를 따라오는 것이다.

광저우에서는 차를 마시는 습관이 나를 따라왔다. 중국 사람들에게 차를 마시는 일은 너무나도 자연스러워서, 차를 마시지 않는 인생을 상상조차 못할 것 같다. 식당의 테이블 위에는 늘 차 한 주전자가 놓여 있다. 다 마시면 계속해서 뜨거운 물을 부어주는, 마르지 않는 차 주전자. 요즘 나는 일을 마치고 집에 돌아가면 일단 전기포트에 물부터 끓이고 차 주전자에 찻잎을 잔뜩 넣은 후 뜨거운 물을 부어 차를 우린다. 그리고 광저우에서처럼 홀짝 홀짝 마시다가 다 마시면 뜨거운 물을 더 부어 또 우린다. 차를 마실 때 나는 좀 더 느긋하고 좀 더 너그러운 사람이 되는 것 같다.

피피 섬에서는 빈둥대는 법이 나를 따라왔다. 뜨거운 한낮 나무 그늘 아래 아무렇게나 누워 낮잠을 자는 사람들이 이 세상의 어딘가에 살아가고 있다는 것을 내 두 눈으로 똑똑히 보았기 때문이다. 자전거를 타고 천천히 골목을 지나며 아는 이들에게 웃는 얼굴로 인사를 건네는 사람들도. 그리고 어떤 사람들은 빈둥대는 법도 배워야 한다. 바로 나 같은 사람.

인도에서 나는 맛있는 짜이가 어떤 것인지를 알았다. 요즘도 나는 집에서 짜이를 끓인다. 홍차를 우려 생강이나 시나몬 같은 것을 넣고 우유를 부어 끓여 마시는 걸쭉하고 달콤한 짜이. 인도에 다시 가고 싶은 마음은 안타깝게도 없지만, 염소젖으로 끓인 그 짜이의 맛만큼은 그립다. 나는 그곳에서 앞으로 낯선 이에게 마음을 열 때 아주 조금은 그 속도를 빠르게 해줄 대가 없는 호의들을 만났으며, 그럼에도 나는 내 집과 내 고향에 있을 때 가장 편안한 사람이라는 사실도 깨달았다.

파리에서는 아침을 맛있는 크루아상이나 빵 오 쇼콜라와 진한 커피 한 잔으로 시작하는 습관이 쫓아왔다. 런던에서는 맑은 날 야외에 앉아 플라스틱 컵에 담아 마시는 시원한 생맥주 한 잔을 즐기는 일이.

가까이 있으나 너무나 다른 이 두 도시는 나에게 자유와 관용, 질서와 예의의 긍정적인 풍경과 부정적인 풍경을 비교해서 기억하게끔 한다.

이를테면 파리의 사람들은 아무데서나 담배를 피운다. 그래서 가로수 아래는 그들이 버린 담배꽁초로 가득하다. 기초

질서 따위야 사뿐하게 짓밟아준다. 이런 일에 대해서 나는 웃어야 할지 화를 내야 할지 잘 모르겠는데, 나도 파리 사람들처럼 담배꽁초를 가로수 아래에 짓이겨 버리면서 죄책감을 동반한 은밀한 쾌감이 들었다.

내가 며칠을(고작 며칠일 뿐이다) 묵었던 파리의 한 동네에는 커다란 마트가 하나 있었다. 마트는 대개 낮에는 붐비지만 8시면 문을 닫아버린다. 그 이후에는? 곳곳의 구멍가게들이 문전성시를 이룬다. 멋지게 차려입은 젊은 파리 사람들이 퇴근길에 아랍계 이민자들이 운영하는 침침한 구멍가게에 들러 우유를 사고 주스를 사고 와인을 산다. 그 동네에서 새하얗게 불을 밝힌 편의점은 단 한 번도 보지 못했다. 대신 1990년대 이후로는 본 적 없는 선물가게와 저런 옷도 팔릴까 싶은 오래된 의상실이 많았다.

그러나 런던은 달랐다. 런던은, 아마도 내가 중심가에 있어서였겠지만 깨끗했다. 런던이 이렇게 깨끗할 거라고는 생각해본 적 없었기 때문에 깜짝 놀랄 정도로 깨끗했다. 침을 뱉는 통도 따로 있을 정도였고 보도블록 위의 담배꽁초라든지, 껌 자국 같은 것도 보지 못했다(아마 다른 곳에는 있었을 것이다. 내가 다닌 동네에는 없었다). 그리고 구멍가게도, 선물 가게도, 촌스러운 의상실도 보지 못했다. 어딜 가나 대형 슈퍼마켓 체인점이었다. 깨끗하고 쾌적하고 편리하고 믿을 수 있는 체인점들. 영국에서 오래 산 친구가 내게 말해주었다. 금융위기 때 스코틀랜드의 작은 시골 마을 상점들조차 거의 문을 닫았다고. 그런 상점들이 다 체인점이 되었다고.

두 도시를 연달아 경험하면서 여러 가지 것들을 생각했다. 제도나 정치에 관한 이야기는 정확하게 알지 못하고 또 이 책에는 쓰고 싶지 않으니까 하지 않겠다. 하지만 이 차이에는 무언가가, 무언가가 분명히 있다. 씁쓸해지는 무언가가.

그렇다면 교토라는 도시에서 나를 따라 여기까지 온 건 무엇일까? 아마 그건 두 가지일 텐데, 하나는 여유다. 남들에게 침을 튀기면서 말할 거리도 안 되는, 그저 내 개인적인 편견과 즐거움으로 남겨두고 싶은 작은 여유. 나는 교토에 대해서 잘 모른다. 교토 사람들에 대해서도, 일본이라는 나라가

진실로 어떤 곳인지에 대해서도 잘 모른다. 하지만 교토에 대한 나의 편견은 삶의 모습이 우리와 그리 다르지 않음에도 이 사람들이 조금은, 아주 조금은 우리보다 여유 있어 보인다는 것이다.

우리도 그렇게 조금 천천히 살면 어떨까. 횡단보도의 보행자 신호가 지금보다 조금 더 오래 켜진다면 어떨까. 지하철 안에서 큰 소리로 전화통화를 하지 않으면 어떨까. 시내의 모든 차량 중 버스가 가장 느린 속도로 달린다면 어떨까. 버스는 신속보다 안전을 우선시한다면, 그리고 누구나 그걸 당연하게 생각한다면 어떨까. 차가 아무리 밀려도 사람들이 걷는 길이 가장 넓고 쾌적하다면 어떨까. 횡단보도를 건너려는 사람에게 신경질적으로 경적을 울리며 쌩하고 지나가버리는 차들이 사라진다면 어떨까. 자동차를 탄 사람들만큼이나 자전거를 탄 사람들이 많다면 어떨까. 오래된 건물들을 무조건 허무는 대신 잘 고쳐가며 아껴 쓰는 건 또 어떨까.

교토에서 따라 온 다른 한 가지는 몸으로 하는 노동에 대한 그들의 자부심일 것이다. 산조 거리의 카페에 앉아 있을

때 유리창 바깥으로 도로 포장을 하는 남자들이 보였다. 머리가 하얀 노인부터 젊은이까지 나이는 다양했다. 그들은 모두 하늘색의 똑같은 작업복을 입은 차림이었다. 그 중 한 노인이 락카 스프레이로 도로 위에 글씨를 쓰고 있었다. 아마도 교통신호였을 텐데 그는 망설이지도, 자를 대지도 않고 스프레이를 들어 그대로 선을 그었다. 그리고 그가 지난 자리마다 놀랄 정도로 똑바른 선이 그어져 있었다.

이곳에서 작업복을 입고 연장을 들고 몸으로 일하는 기술자들과 노동자들은 어쩐지 좀 더 위엄 있어 보인다. 어쩌면 작업복 덕분일 거라고 생각한다. 일을 할 때 적절한 복장은 마음가짐을 다르게 해주니까. 하지만 작업복만으로는 설명할 수 없는 저 느낌은 무엇일까. 말로 설명하기 힘든 느낌은. 오랜 세월 기술과 노동을 천시하지 않은 사회에서 살아온 이들이 가질 수 있는 그것은. 사람이 가야 할 길은 하나밖에 없다고 믿으며 산 우리가 잃어버린 그것은. 그건 어쩌면 노동에 대한 단단하고 두터운 자부심이 아닐까.

몇 해 전 작업실의 하수관이 막혀 넘친 물이 바닥까지 차올랐다. 근처에 있는 작은 인테리어 공사 사무실에 전화를 걸었다. 사장은 어차피 더러워질 테니까 가장 더러운 옷을 입은 듯 후줄근한 차림에 담배 냄새를 풍기며 나타났다. 매일 밤 마시는 술로 찌든 얼굴. 대학을 졸업하고 지식 노동자로 살아온 기간이 긴 나는 늘 이런 기술 노동자들을 만날 때마다 나 자신을 부끄러워해야 할 것 같은 느낌이 든다. 운이 좋아 쉽게 벌어 쉽게 먹고 사는 사람이 되어버린 기분. 아마 실제로도 그럴지 모른다.

그런데 그건 상대도 마찬가지인 것 같다. 나는 불편한 마음에 과도하게 친절해지고 그는 내 눈을 자꾸만 피한다. 사장은 결국 이걸 고치려면 바닥을 다 뜯어내는 큰 공사를 해야 한다면서 엄청난 견적을 불렀다. 내가 그의 말을 건물주에게 전하자 건물주는 너무 비싸다며 자신이 아는 배관공을 보냈다. 마침 그 배관공이 왔을 때 나는 작업실에 없어 남편이 그를 대신 맞았는데, 나중에 들어보니 일하는 솜씨가 아주 일품이었다고 했다.

그 배관공은 배관업계에서 잔뼈가 굵은 진짜 전문가였다. 하수구가 막히면 내시경을 넣어 뚫어준다는 식으로 엄청난 비용을 청구하는 이들을 비판하며 그는 별 특별할 것도 없는 장비로 열심히 하수구를 뚫었고 수십만 원이 든다는 하수구 뚫기는 그의 기술로 1/3 가격에 성공했다(바닥도 뜯지 않았다). 그러면서 그는 남은 쓰레기와 찌꺼기를 어찌나 말끔하게 치웠던지 상대를 위한 배려라기보다는 '전문가인 내가 이런 찌꺼기를 남겨두고 갈 수 없지!' 하는 자존심의 문제처럼 보였다고 했다.

이런 차이가 개인의 문제일까? 그렇지 않다. 이건 개인의 차원이 아니라 사회적 차원의 문제다. 우리의 배관공 같은 사람들이 더 많아지려면 개인이 자기 단련을 하는 식으로는 안 된다. 그것으로는 안 된다.

오래 전 무거운 배낭을 둘쳐 메고 미지의 땅을 향해 떠나던 어린 나는 아마도 자유라는 것을 꿈꾸었을 것이다. 아무리 그 나라의 흙바닥을 뒹굴며 낯선 얼굴의 사람들과 뒤섞여 손으로 밥을 떠먹는다고 해도 나에게는 나 자신의 자유가 가장 소중했을 것이다. 어떤 장소에 있건 나는 내가 어떤 사람인지 알고 싶었을 것이고 내 안의 무수한 가능성들을 하나하나 꺼내어 터뜨리고 싶었을 것이다.

이제 나는 무거운 배낭 같은 건 매지도 않고 미지의 땅으로 떠나지도 않는 재미없는 사람이 되어버렸고 지금의 내가 원하는 것은 그때와는 조금 다른 것들이다. 나는 나이가 들었다. 더 이상 나 자신이 그렇게 궁금하거나 내 가능성들이 절박하지 않다. 이제 나는 그저 아름다운 오래된 것들 속에서 시간의 연장선상에 있는 나 자신을 느끼며 편안히 지내다 조용히 사라지고 싶다. 좋은 세상에서, 좋은 사람들과 함께 살아가고 싶다.

교토에 다녀온 나는 늘 바란다. 내가 걷는 골목이 아름답기를, 집집마다 자신이 사는 장소에 대한 애착이 묻어나기를, 자신뿐만 아니라 이 골목을 걷는 이웃의 마음도 한 번쯤 생각해주기를, 무슨 일을 하건 남이 시키거나 내가 이것밖에 안 되어서가 아니라 이것이 나의 일이라는 자부심으로 충만하기를, 그럴 수 있기 위해서 이 사회가 먼저 달라지기를, 내 아이가 자라서 배관공이나 그 외의 없어서는 안 되는 일을 하는 노동자가 되었을 때 그 아이가 스스로에 대한 자부심을 잃지 않고 자신을 사랑하면서 건강히 살아갈 수 있는 세상이 되기를.

그리고 이런 세상을 꿈꿀 수 있는 힘을 나는 교토라는 도시에서 가져오는 것 같다.

에필로그

　　파스칼 메르시어의 소설《리스본 행 야간
열차》는 모험 따위는 모르던 늙고 외로운 교사 그레고리우
스가 어느 날 갑자기 모든 것을 버리고 리스본 행 야간열차
에 뛰어오른다는 이야기입니다. 이 소설에는 "우리가 우리
안에 있는 것들 가운데 아주 작은 부분만을 경험할 수 있다
면, 나머지는 어떻게 되는 건가?"라는 유명한 문장이 등장
하지요. 이 문장은 그레고리우스뿐만 아니라 세상의 모든 이
들이 마음속에 품은 회한을 건드립니다. 이루지 못한 소망

들, 이룰 수 없던 인연들, 이루기를 바랐던 꿈들.

그리고 작가는 책 말미의 인터뷰에 이런 말을 남깁니다.

> 우리는 내면에서 요구하는 모든 삶을 다 살아낼 수 없습니다. 누군가, 그렇다면 경험하지 못한 나머지는 대체 무엇이냐고 묻는다면 "나머지 부분은 당신의 판타지를 놓아두는 공간이다"라고 대답할 도리밖에 없습니다. — 파스칼 메르시어,《리스본 행 야간열차》중에서

우리의 삶에는 현실도 필요하지만 판타지도 분명 필요합니다. 어떤 것을 보거나 읽거나 들었을 때, 어떤 일을 경험했을 때 살아갈 힘이 샘솟는 것들이 있습니다. 그런 것들은 좋은 판타지입니다. 적절한 판타지는 살아갈 힘을 줍니다. 그리고 저는 현실과 꿈 사이의 어딘가에 그런 판타지를 놓아둡니다.

교토는 제게 그런 판타지의 도시입니다. 그래서 교토의 거리를 걸을 때, 골목을 탐험할 때, 근사한 곳에 앉아 커피를 마실 때, 저는 현실과 꿈 사이의 어딘가에 있는 기분이 들곤

합니다.

　한 번의 인생에서 사람이 쓸 수 있는 에너지의 양은 한정적인 것 같습니다. 거칠 것도, 무서울 것도 없던 어린 여자아이는 이제 모험 같은 건 원하지 않는 평범한 중년의 여자가 되어가고 있습니다. 저는 이제 제가 감당할 수 있을 만큼의 모험을 합니다. 제게 얼마 남지 않은 모험심을 새로운 일을 하고 새로운 사람을 만나고 새로운 인생에 한 발을 내딛는 데 투자합니다. 저처럼 간이 작은 사람에게는 그 이상은 무리입니다. 그 이상 투자했다가는 대가를 톡톡히 치르게 될 테지요.

　그런 제가 여행에서 하는 모험은 아주 작은 것입니다. 낯선 메뉴판을 읽는 것. 지도를 보지 않고 골목을 헤매는 것. 언어가 통하지 않는 상점에 들어가 보는 것. 먹어본 적 없는 음식을 먹는 것. 어디든, 알지 못하는 장소의 문을 여는 것. 교토에 갈 때는 그 정도의 아주 작은 모험심만으로도 충분합니다. 그래서 저는 교토에 갑니다.

지난 여행기에서 저는 여행적금에 대해 쓴 적이 있습니다. 적금을 붓는 것은 그렇게 대단한 일도, 중요한 일도 아닙니다. 제게는 하나의 실험일 뿐이지요. 교토 정도야 가려면 당장 갈 수 있습니다. 해야 할 일을 좀 미루고 목돈을 쓴다는 약간의 죄책감만 상쇄하면 됩니다.

하지만 그 대신 저는 교토를 위한 적금을 붓습니다. 한 달에 5만 원씩, 1년이면 60만 원. 교토에 갈 비행기표와 숙소는 이걸로 충분히 해결됩니다. 이 적금을 붓는 이유는 돈을 모으기 위해서라기보다는 자신과 약속하기 위해서입니다. 계획표에 동그라미를 그려두는 것이나 마찬가지입니다. 적어도 1년에 며칠 정도는 나의 판타지를 위해 시간과 돈을 비워두자. 그 정도는 괜찮잖아. 그렇게 저는 자신을 설득합니다.

왜냐하면 저는 1년 내내 현실을 치열하게 살아가고 있기 때문입니다. 공과금을 밀리지 않도록 노력하고 아이들을 먹이고 입히고 공부시키기 위해 애쓰고 있습니다. 눈물을 흘리면서 길을 걷던 일도, 한밤중에 일어나 공포심에 잠을 못 이루는 일도 있습니다. 여전히 사는 건 어렵고 내 몸뚱이 하나 건사하기 힘든 세상에서 아이 둘을 키워야 한다는 사실이

두렵고 막막할 때도 많습니다.

그러나 어찌 됐든 저는 1년을 망하지도 미치지도 죽지도 않고 살아냈습니다. 그런 제게 주는 작은 선물로 저는 교토에 갑니다.

제게는 명품가방도, 좋은 옷도, 리조트에서의 휴가도 필요 없습니다. 김치냉장고도, 극장 스크린처럼 좋은 TV도, 노른자위 땅의 중형 아파트도 아직까지는 필요하다고 느껴본 적이 없습니다. 그것들의 가치를 폄훼하는 것이 아니라 그저 제가 그런 사람이란 얘기입니다.

대신 저는 지금처럼 넘치게 담지 않도록 고민하면서 장보는 생활을, 매일 소박한 식사를 지어 먹을 수 있는 생활을, 낡지만 따뜻한 집에서 햇살이 잠깐 드는 한낮을 즐길 수 있는 생활을, 변두리 우리 동네에서 좋은 날씨를 만끽하며 천천히 산책할 수 있는 생활을, 아이들이 커가는 모습을 지켜볼 수 있는 생활을, 운동장에서 땀을 흘리며 달릴 수 있는 생활을, 가끔 좋아하는 친구들을 만나 웃고 떠들 수 있는 생활을, 좋은 책과 영화를 발견하고 그것들에 푹 빠져 있을 수 있는 생활을, 오직 그것만을 원할 뿐입니다. 그 이상도, 그 이하도 바라지 않습니다.

다만 거기에 더해 1년에 한 번, 비행기를 타고 교토라는 도시에 날아가 낯익고도 낯선 공기를 듬뿍 마시고 돌아올 여유만 있다면 좋겠습니다. 그런 선물 같은 여유를 매년 누릴 수 있다면 그거야말로 성공한 인생이라고 봐도 무방하겠지요. 그렇게 소박하고 현실적인 꿈을 꾸면서 저는 매일을 살아갑니다.

케이분샤 출판에 이치조지역

신신도

교토대학교

긴카쿠지

철학의길

난젠지

아저씨의
커피가게

아사카사신사

기요미즈데라
(청수사)

교토에만 가 0면
다람쥐 쳇바퀴라도 돌듯
걷곤 하는 저의 산책지도입니다.

명소나 맛집이 거의 없는 이유는
교토에서는 그저 어슬렁거리다
아무 곳에나 들어가도
대개 만족스럽기 때문이에요.

가이드북도, 지도도 없이
그저 어깨에 힘을 빼고
느긋하게 걸어 보세요.

아주 어른스러운 산책

교토라서 특별한 바람 같은 이야기들

ⓒ 한수희 2018

초판1쇄 발행 2018년 7월 20일
초판3쇄 발행 2021년 3월 25일

지은이 한수희
펴낸이 박미경

펴낸곳 마루비
등록 제2016-000014호
주소 서울특별시 마포구 대흥로4길 38, 2층
전화 02-749-0194
팩스 02-6971-9759
메일 marubebooks@naver.com
페이스북 www.facebook.com/marubebook

ISBN 979-11-955121-6-4 03810

이 도서의 국립중앙도서관 출판예정도서목록(CIP)은 서지정보유통지원시스템 홈페이지 (http://seoji.nl.go.kr)와 국가자료공동목록시스템(http://www.nl.go.kr/kolisnet)에서 이용하실 수 있습니다.(CIP제어번호: CIP2018019435)